LA CONQUISTA DEL ESTE

David Pastor de la Puente

LA CONQUISTA DEL ESTE

Primera edición: mayo de 2024

ISBN: 978-84-10253-70-4
ISBN digital: 978-84-10253-71-1
Depósito legal: M-12784-2024

Editorial Adarve
C/ Luis Vives 9
28002 Madrid
editorial@editorial-adarve.com
www.editorial-adarve.com

Impreso en España

Este libro está dedicado
a Cris, León y Elsa

«La derrota tiene una dignidad
que la victoria no conoce».

JORGE LUIS BORGES

Danuna
Nilda
Sherden
Teresh
Troya
Tjekker
Hatti
Tarsis
Shekelesh
Micenicos
Lukka
peleset
Alesiya
Ugarit
Egipto

I.

La Pedriza, sierra de Guadarrama, principio del verano 1186 a. C.

> «Tarsis comerciaba contigo por la abundancia de todas tus riquezas; con plata, hierro, estaño y plomo comerciaba en tus ferias».
>
> EZEQUIEL 27:12

—¿Así...?

—Más despacio, hijita, tendrás que utilizar los fuelles hasta que el sol esté alto. También necesitarás mantener un ritmo constante, el fuego tiene que estar vivo todo el tiempo.

—No sé si podré resistir. El sol acaba de salir... Ufff, hace calor..., ya ha llegado el verano —susurra para sí la niña mientras ve que el nuevo día está naciendo por el valle.

—La malaquita, como los otros minerales, requiere mucha temperatura para que el cobre se funda y se separe de la escoria. De hecho, seguramente tendrás que hacerlo varias veces y pulirlo a mano entre medias... Siéntete a gusto con el calor —le dice su padre... que se siente orgulloso de su hija y de transmitirle lo que le llevó media vida aprender.

Nilda es pequeña, apenas ha cumplido nueve años y siente pasión por el oficio de su padrastro, Imhotep. Él es un maestro de los metales, está reconocido en toda la comarca y se ha labrado su reputación a base de forjar armas, herramientas, objetos de decoración y adornos con diferentes metales y aleaciones.

Tanto las herramientas como las armas son muy cotizadas, pero últimamente ha recibido muchos encargos para hacer abalorios personales; la gente los utiliza como distintivo de poder económico. Imhotep nació en Egipto. La tierra del enorme río, un lugar de leyenda para los habitantes de la península del que conocen especialmente por historias al calor de la hoguera las noches de cuentacuentos del pueblo. Es moreno con el pelo castaño y corpulento, con el cuerpo acostumbrado al trabajo físico.

Imhotep nunca quiso tener una hija, pero, cuando se encontró a Nilda siendo un bebé, abandonada durante una marcha para recoger minerales de los pueblos vecinos, no tuvo alternativa. Al parecer, la familia de la pequeña, como el resto de inmigrantes, se había instalado recientemente siguiendo una de las oleadas humanas habituales en esta época desde el norte buscando un lugar pacífico y con mejor tiempo donde establecerse. Desgraciadamente, la nueva población había quedado arrasada por el ataque de otro pueblo originario de la meseta, rezumando odio y miedo al bárbaro. Fue entonces cuando la conciencia del egipcio no le permitió albergar otra opción que la de adoptar a la niña. Había visto tanto dolor en su vida, especialmente las últimas décadas con el hambre y el ataque y saqueo de los pueblos del mar sobre los poderosos estados del otro lado de la costa de Levante… Con frecuencia le venían imágenes a la mente de esos años pasados y se quedaba pensando con tristeza… «Solo Dios sabe cómo estará la situación en Micenas…, yo he hecho lo imposible. En la batalla contra esos demonios, le proporcioné a Merneptah el ejército mejor armado y vencimos…, pero qué pasará si aprenden a forjar hierro… Dios nos asista ese día…». Y así pensando en Grecia y en Egipto recogió a la pequeña Nilda y, de ese modo, la vida de ambos cambió de rumbo por completo.

Nilda tiene el pelo liso y muy negro, la piel es muy blanca y los ojos verdes azulados. Es alegre aunque reservada. Evidentemente, representa muy bien al origen del pueblo del que viene. Imhotep había dejado atrás hacía muchos años la vida de trabajar para el faraón Merneptah forjando sus armas. Cansado de la presión de mantener unas expectativas tan altas y después de haber adiestrado a sus aprendices correctamente, pidió permiso para abandonar su tierra y empezar una nueva vida en un país lejano.

Llegó a Tarsis aprovechando una expedición para comprar metales, especialmente cobre, para el faraón, como había pasado tantas veces antes. La península es famosa por su riqueza en metales.

Sus superiores habían considerado que, si ya no quería trabajar de forjador, al menos deberían de aprovechar sus conocimientos a la hora de supervisar que la calidad del metal extraído estuviera a la altura de los requerimientos. En realidad, sabían que no podían negarle a Imhotep ese cambio de vida debido a los magníficos servicios prestados durante décadas y al favor que tenía el faraón con él.

No sabía lo que buscaba en la vida, pero quiso alejarse del mundo del dinero, de la riqueza y del poder, y se dirigió al norte subiendo desde la tierra de los Tartessos hasta el centro de la península abandonando las grandes ciudades y el mundo moderno que cegaba y alienaba. Él buscaba el silencio de los bosques y algo menos de calor.

Los años trabajando para la corte y dirigiendo las principales líneas de fabricación de la industria metalúrgica de Egipto le habían hecho una persona con un alto nivel cultural. Conocía los principales idiomas y sus escrituras. Había tratado durante muchos años con los micénicos; los hititas, sus bloqueos y embargos mutuos con todos los problemas comerciales; los babilonios con sus bellos palacios y jardines, los pueblos de la costa y las islas del mar, como la rica Alesiya, de donde se obtenía la producción de cobre y estaño, cuando no llegaban mercancías ni minerales suficientes desde Mesopotamia. Conocía muy bien las islas de los minoicos, sus invencibles guerreros con armaduras y a los fieros pobladores del Mediterráneo occidental, cuyo origen se remontaba, según decían ellos mismos, a la mítica Atlántida, de la cual eran los supervivientes que se habían refugiado a este lado de las columnas de Heracles. Imhotep intuía que esto también era un argumento que ese pueblo difundía para ser temido, y valorado, a la hora de aportar mercenarios a las guerras.

Lo cierto es que él hacía años que había desarrollado unas cualidades diplomáticas poco habituales en un metalúrgico, pero, claro, su oficio estaba en el ojo del huracán de la época. Le tocaba hacer de todo.

En sus viajes para conseguir metales, el Gobierno lo había enviado incluso a tratar con las gentes del centro del continente. Seguramente con lo que debieron de ser algunos de los pueblos emparentados con los ancestros de Nilda. Incluso viajó más allá cruzando la estrecha franja de océano frío y azul marino.

Conocía la lengua de los celtas y su escritura secreta usada solo por los druidas. Poco podía haber imaginado entonces que en aquellos años, al final de su vida en este pequeño pueblo de la península, tendría que utilizar esa lengua.

Desde luego, él sí había recorrido el mundo y había sido reconocido por los principales comerciantes de la época tanto como por ser embajador del faraón como por ser experto en la metalurgia.

Nilda es su mayor alegría. Cuando la encontró, siendo un bebé, tenía colgada una inscripción en la lengua runa celta en la que ponía su nombre, muy apropiado para las circunstancias de su nacimiento..., que traducido era algo así como 'guerra'.

Nilda era bajita de pequeña, pero con los años se hizo guapa a más no poder, aunque tenía bastante simpatía entre los chicos del poblado, no tanto entre las chicas, que pensaban que sus brazos fuertes y sus manos con callos así como la cara, muchas veces manchada de la tierra de extraer los minerales o del fuego, la hacían poco femenina.

Nunca le faltan ayudantes para ir a recoger la casiterita de donde sacan el estaño o la malaquita y el cobre, o un par de brazos fuertes que le ayuden a mantener el ritmo de los fuelles mientras calienta el horno.

El pueblo donde viven está en lo alto de una colina desde donde se divisa el río que transcurría por el valle y que viene de la montaña que mantiene la nieve hasta el verano. Tiene las casas hechas de piedra y con frecuencia no labradas, cuyos techos son troncos y ramas al modo habitual de los castros celtíberos, como los pueblos vecinos vetones del otro lado de la cordillera.

El monte está lleno de casas así, muchas rectangulares y otras circulares, pocas tienen más de dos habitaciones y, en algunos casos, cuando las familias poseen bastante ganado, construyen un pequeño recinto para ello, eso si es que no comparten el mismo techo que los animales.

Sus vecinos del otro lado de la montaña piensan que están un poco atrasados, pues no tienen una verdadera ciudad con una ruta comercial, aunque fuese local, como tienen ellos; especialmente con otros pueblos vetones y ocasionalmente con comerciantes que se acercan desde el sur de la península.

Hay diversos dólmenes en las afueras del poblado de la montaña, no son muy refinados, pero cumplen su cometido. También hay un centro religioso cerca del río donde los druidas realizan ofrendas y sacrificios.

A decir verdad, Imhotep sabe que el poblado es bastante humilde, especialmente si lo compara con las poderosas ciudades de su tierra natal o de Micenas y Troya, o de Ugarit. En su interior, siente que la mayoría de las gentes de este pueblo de montaña no podrían imaginar aquellas construcciones ni estructuras de ingeniería, así como no podrían creer la facilidad con la que se construían puentes, carreteras y palacios decorados con frescos de colores y abundante oro donde trabajan artesanos que viajan por todos los países, ganándose el sustento de su talento. En aquellas tierras lejanas donde se dominan conocimientos de matemáticas desde hace siglos y se aplican a la arquitectura de sus ciudades.

Aquí, en el centro de la península, uno de los mayores acontecimientos es la matanza del cerdo o la doma de los caballos, y el egipcio duda mucho que esas inquietudes de su tierra natal hubieran prosperado en esa época en la aldea. Sin embargo, él considera importantes esos conocimientos y a su hija se los ha ido transmitiendo con los años. Gran parte de aquello que conoce no es solo el trabajo de los metales, sino que también domina bien las lenguas escritas y muchas más cosas de las cuales la mayoría chicas se ríen, pues no parecen nada importantes a la hora de concertar un matrimonio en su clan.

Imhotep tiene en su memoria imponentes palacios y enormes puertos. Ejércitos profesionales, no como sus vecinos, que utilizaban ondas y esporádicamente algún hacha de bronce que en la mayoría de los casos él se las ha fabricado. En esas tierras lejanas, hay soldados con armaduras y cascos.

Los poderosos Estados tienen cuerpos de funcionarios y escribas que trabajan para las clases dominantes y los reyes.

Tan diferente es el mundo de donde ha venido, tan conectadas esas naciones que parece que las grandes distancias se empequeñecen y los reyes envían sus correspondencias en diferentes idiomas, para solicitar productos para intercambios, apoyo militar o concertar matrimonio con lejanos reinos.

Pero él, que ha vivido todo eso y más, se dedica con frecuencia a apreciar la paz y el silencio del monte, el sol metiéndose por las cumbres nevadas, la abundante lluvia del otoño y poder acercarse a las minas sin temer a las hordas de bandidos que últimamente asolan los imperios del Este.

Aquí, en el pueblo, han levantado unas potentes murallas del doble de la altura de un hombre y de unos dos pasos de anchura que se extienden a lo largo la colina, pensando que así mantienen el poblado a salvo… En el fondo de su corazón, Imhotep considera a los pobladores de la aldea ingenuos, pero a la vez bondadosos, y en su interior ha desarrollado en poco tiempo un cariño especial a la zona y sus habitantes.

El lugar es hermoso, con muchos bolos de granito que parecen haber rodado de la montaña de forma que aparecen formando siluetas mágicas y cuevas misteriosas donde a los niños les gusta jugar, especialmente en las últimas horas de la tarde, cuando el sol ilumina los alcornoques que cubren el monte, su mundo.

Imhotep es feliz con Nilda. Su casa está un poco separada del núcleo principal del castro, no muy alejada de una de las torres de la muralla donde la niña jugaba con sus amigas de niña y fabricaba frecuentemente hornos con barro y paja para la fundición del metal, aunque a veces, de pequeña, ella imaginaba que eran casitas. Como los hornos tienen un túnel por el que entra el aire de los fuelles y otras dos bocas, una para la entrada del mineral y por la otra para la salida del metal fundido, las pequeñas manos entonces de Nilda disfrutaban mucho agujereando la construcción cuando aún no se había secado.

Los primeros años fueron pasando felices, con sus fríos inviernos y otoños lluviosos. Imhotep disfrutaba mucho tras años del calor de Egipto.

Nilda tiene ya dieciséis años, se está convirtiendo en una experta en el oficio y sabe trabajar con destreza la plata, forjar el bronce cuando tienen estaño para mezclar con cobre y, en algunas ocasiones, por encargo, puede trabajar alguna pieza de oro.

Imhotep le sigue enseñando la lengua de los tartesios y su escritura a Nilda, así como el egipcio y los jeroglíficos porque presiente que tal vez un día lo podría necesitar.

Es la chica, en parte muy querida, en parte muy admirada y también en parte envidiada por las gentes del poblado.

En algunas ocasiones, en la noche del día de fiesta durante la luna llena, el poblado se reúne alrededor del fuego compartiendo las noticias o las historias que les llegan.

A Nilda le gusta ese momento porque Imhotep suele contar historias de sus viajes. Él había pasado incluso el estrecho más allá de las columnas de Heracles y, navegando hacia el norte, había llegado a unas islas muy ricas en minerales en el frío e inmenso océano de olas como montañas donde naufragan los barcos con facilidad. Ella lo admira.

Alrededor de la hoguera se encuentran otros chicos y chicas jóvenes, como ella. Especialmente, siente mucha simpatía por Breogán, el hijo del jefe del poblado. Cree que es más honesto que los demás chicos, aunque también bastante serio. Supone que es así porque desde que era pequeño fue educado para asumir la responsabilidad que le tocaría con las preocupaciones propias de un líder. En especial la de proteger a su pueblo. Esta noche, está sentado enfrente de ella, y a su lado tiene a Drusila, cuya familia es una de las pocas que no se dedican al pastoreo o a las tierras, sino que mantienen el negocio del comercio abierto gracias a los tratos que tienen con Arrio, el griego, que pasa por el pueblo en cada estación con mercancías llegadas desde el sur, de Tarsis.

Drusila es alta y guapa, morena de piel y el pelo largo y rizado negro, y no le tiene ningún aprecio a Nilda, que considera una paria sin una familia auténtica, venida de un pueblo extranjero que pasa las horas fundiendo minerales y dando martillazos al metal. Hay también otra razón. Sospecha que Breogán, con el cual su familia quiere casarle, siente admiración irracional por la metalúrgica… Y tiene razón, Breogán no se lo ha dicho a nadie, pero en el fondo piensa que Nilda es maravillosa, lista, decidida y enamorada de su oficio. No como las otras chicas, pensando en estar atractivas todo el día para los otros chicos… Y encima es guapísima, aunque a veces delante del horno este sudando por todos los sitios.

Aunque Imhotep quiere que Nilda esté siempre con él, sabe que su hija tendrá que hacer su vida y también sabe que él no tiene dote y medios económicos para emparentarla con Breogán, que al menos no es un bruto. Drusila también lo sabe. Le gusta pasearse delante Nilda con Breogán presumiendo de su posición y suponiendo que nadie le podrá quitar al futuro líder del poblado. El chico siempre intenta evitar esos encuentros, aunque sus familias presionen. Drusila está que echa fuego esta noche. Nilda se ha puesto un vestido nuevo que solo usa en las reuniones. Tiene la cara y el pelo limpio, parece un ángel; pero, aun así, es una paria sin familia, recogida y que depende de sus martillazos y los de su padrastro en la forja para poder vivir; no como sus padres, que son dueños del comercio de toda la comarca.

Imhotep, que siente que las miradas y los comentarios tensan el ambiente, empieza su relato…: —¿Os he contado alguna vez la historia de la Atlántida?

Alrededor de la hoguera todos los presentes guardan silencio, quieren escuchar con atención algún rumor que han oído de algunos mercaderes y comerciantes, pero no conocen muy bien la leyenda y, al crepitar de la hoguera, Imhotep arranca por fin:

—Esta historia me la contó mi abuelo, que a su vez se la contó su abuelo, que estuvo trabajando en el templo de Sais, donde los sacerdotes Sonjis de Sais y Psenofis de Heliópolis recogieron la historia verdadera de la ciudad del trono acuático en el mar azul oscuro de aguas frías al otro lado de las columnas de Hércules en la tierra que conocen los tartesios. En aquella época, existía una ciudad en una isla muy cerca de donde se encuentra Tarsis. Tenían un nivel de conocimiento muy avanzado sobre construcción, ciencias, navegación y escritura como ninguna otra civilización.

»La ciudad de forma circular con anillos concéntricos tenía todas las maravillas que nos podemos imaginar: templos y murallas y puertos como nunca se han visto, y en el centro estaba Poseidón, cuyo templo adoraban día y noche, siempre con una gran antorcha encendida. Los muros de la ciudad tenían en su parte más alta varias filas de ladrillos hechos de oricalco, la mítica mezcla de cobre, zinc y plomo, que le daba al atardecer un aspecto rojizo intenso, el cual se veía a la distancia e impresionaba al viajero que, según decían los atlantes, agradaba Poseidón.

»La isla era magnífica. Se conocía en Egipto como la isla de los dioses. Nuestras más antiguas leyendas contaban que estuvieron en nuestros inicios. Fueron ancestros nuestros… Si es verdad…, ¿quién lo puede saber?

Los asistentes mantienen silencio y mantienen una profunda atención en las palabras del egipcio. Es a través de relatos como este como consiguen imaginarse en parte cómo es el mundo más allá de la meseta y las montañas donde viven. Imhotep continúa: «Los atlantes recorrían nuestro mar Mediterráneo atravesando las columnas con una poderosa flota con la que a veces comerciaban con otros países y a veces entablaron también batallas.

—Como ya os he contado, la leyenda asegura que la Atlántida fundó las colonias que ahora son los reinos y potencias poderosas del Mediterráneo, y así pasó con mi tierra de Egipto, ya que el relato que me contó mi abuelo decía que fundaron nuestros orígenes y que en el templo estaban recogidos los viajes a lo largo del océano de aguas frías…

Imhotep repite el argumento y continúa:

—… Al otro lado de las columnas de Heracles, donde, al dirigirse hacia donde se pone el sol tras viajar dos lunas enteras, se llegaba a un continente enorme ahora del todo desconocido y que, viajando hacia donde está la estrella fija en el cielo, se arribaba hasta tierras heladas. Tan poderosa era esta civilización nacida mucho antes que ninguna otra, que conozcamos, o de otros pueblos que hayamos oído hablar, y tan temida como adorada por todo el mundo que sus reyes, sintiendo que perdían peso en el tablero del mundo, quisieron someter a los otros reinos a su voluntad. Y así dirigieron sus naves con los toros grabados en las velas y en la proa un espolón, y se lanzaron a la guerra…

»Cuenta que se olvidaron de lo que era verdaderamente importante para que los hombres y las mujeres pudieran vivir en paz y armonía. Se volvieron arrogantes y crueles, y no querían que nadie les pudiese discutir su poderío.

»La coalición de egipcios, iksos, minoicos y demás pueblos del Este derrotaron a los atlantes contra todo pronóstico. Y todavía hay quien dice que esa lucha entre el oeste y el este del gran mar verde azulado persiste, y volverán nuevas batallas.

»Los atlantes que dominaban muchos pueblos del oeste del Mediterráneo y muchas islas planearon una batalla final para terminar con todas las potencias rivales, pero hubo una gran tormenta en su capital con terremotos y maremotos e inundaciones en un día y una noche terrible, y se llevó la isla de la Atlántida, que quedó sepultada y hundida, y los supervivientes se distribuyeron por muchos sitios… Los primeros aquí, en la península, y construyeron las ciudades como hacen los tartesios, concéntricas, circulares y amuralladas. También en otros pueblos de las islas del Mediterráneo como Sherden, cuyos guerreros llevan desde entonces cascos con cuernos.

Imhotep hace una pequeña pausa y continúa:

—Con el pasar de los miles de años, la historia se convirtió en leyenda y se fue olvidando…, pero dicen que fue el mismo Poseidón que castigó la soberbia de los atlantes por haber pensado que era un pueblo superior a los demás, y hasta hoy no se conoce un pueblo, una civilización, una ciudad o un estado por poderoso que sea que haya resistido para siempre. Un gran imperio solo se puede forjar con unas bases sólidas, al igual que una persona, y una gran persona solo se puede forjar con los valores buenos; por eso la Atlántida no solamente se destruyó, sino que, además, se olvidó. Todas las torres que suben muy alto acaban cayendo, y así lo hacen los imperios».

Uno de los chicos que ayudaba con frecuencia a Nilda a recoger minerales pregunta:

—¿Cómo se hace entonces para que una ciudad o un pueblo, un imperio no se venga abajo?

—Sí que es posible. Pero no como pensamos. Algunas veces más no es siempre mejor. Hay un equilibrio. Creo que, si la gente no pasa hambre y es feliz y ven a sus hijos crecer y nuestros vecinos prosperan y nos portamos bien con el que tenemos al lado sin envidias, entonces, estamos protegiendo nuestro mundo y no hay muralla que sea más fuerte que eso.

Imhotep terminó el cuento, sin embargo, a esas alturas, el debate ya se ha iniciado, retomando la idea que tienen algunos mayores de que hay que reforzar los muros del poblado, o rodearlo con un pozo, o mejorar la puntería con las flechas, o hacer más espadas de bronce…

Finalmente, el ambiente distendido y los otros cuentos de voluntarios al fuego de la noche de verano propicia que las asistentes estén de buen humor y hacen bromas con Imhotep, diciéndole que es un buen inventor de historias, como aquella que decía que en su país había pirámides como montañas de altas… Y ríen hasta caerse al suelo.

Sin duda, es uno de los momentos que más les gusta a todos los niños y las niñas del poblado, y también a sus familias, viendo a los pequeños contentos y a ellos, distendidos.

Ya empezando la noche a ser madrugada, vuelven en silencio padre e hija bajo la luz de la luna que, ocasionalmente, se oculta detrás de las nubes provocando una sombra en los alcorques que proporciona el encanto a una noche de cuentos y de sueños.

Están llegando a su casa cuando Imhotep nota que Nilda está muy callada y seria y le dice:

—¿Te pasa algo, hija? ¿Estás bien, Nilda?

Y ella contesta:

—Todas tus historias… Yo sé que son reales o, al menos, te las han contado así, y otras muchas las has vivido y, aunque la gente del poblado no aprecia la diferencia, yo sé que tú tienes una vida rica de experiencias que casi nadie va a compartir, ni va a conocer, ni va a poder vivir como tú, y a mí me gustaría también tenerlas y poder contarlas un día al calor de la hoguera, en un poblado al igual que haces tú y descubrir cómo soy yo.

Imhotep sabe muy bien de lo que está hablando, pero hay algunas cosas que Nilda no conoce, ya que es solo una niña y no ha conocido la brutalidad ni la guerra. Las últimas palabras que ha dicho su hija le han llegado a lo más profundo: «Descubrir cómo soy yo».

Imhotep empieza a sentir dentro una mezcla de sentimientos difíciles de asimilar: en primer lugar, comprende a Nilda perfectamente porque él tiene una riqueza de experiencias y un nivel de conocimientos como ninguna de las personas que ella pudiera conocer jamás si no salía de su pequeño poblado; por otra parte, el miedo al mundo moderno y a la situación que viven las grandes civilizaciones en aquel momento le paran. ¿Cuál es su obligación como padre?, ¿arriesgar a su hija o negarle lo que ella siente?

Le vienen recuerdos del miedo, falta de paz y de mucha reflexión sobre lo que era importante en la vida. Sin embargo, ahora, a sus cincuenta y cuatro años, no podía negarle aquello que también le había enriquecido a él, a pesar de las dificultades y los problemas.

Los dos tienen mucha confianza y se quieren mucho. No hay necesidad de palabras. Solo una profunda y penetrante mirada compartida. Es una conversación cuyo desenlace tendrá que esperar, al menos, otro día y, tal vez, una noche sin dormir.

Podría haber sido una mañana de despertar silencioso con el piar de los pájaros y el vuelo de los buitres por encima del monte, como ocurría muchas veces, pero no ha sido así. Lo más destacado es el sonido de martillazos que salen del yunque que utiliza Nilda.

Golpea forjando el metal con fuerza, como si tuviera algo en mente que la impulsa a realizar el trabajo, más allá de convertir el trozo de bronce en algo que sea útil.

Imhotep le deja golpear la aleación mientras hace el desayuno y, cuando este está preparado y ella cansada, se acerca a la chica por detrás, le toca el hombro y le dice:

—Está bien, hablemos de lo que te encontrarás mientras comemos.

—Quiero ser como tú, quiero conocer las pirámides y Troya, y el mar, y forjar el hierro que casi nadie sabe —dice Nilda, que habla con pasión.

—Ya…, eso también lo harás, aunque lo más importante que forjarás en este viaje será tu alma y, al igual que el bronce necesita al cobre y al estaño fundidos y mezclados, tras ser calentado hasta el extremo, lo que te vas a encontrar te transformará, y, a base de golpes, como el metal y el fuego, encontrarás lo que buscas, y entonces, cuando sientas que lo has hecho, vuelve a mí.

Imhotep empieza entonces a dibujar una especie de mapa en el suelo con un palo.

—Este es el mar por donde viajan las principales civilizaciones. No es un mar tan grande, aunque, cuando lo veas, te parecerá infinito; no es como el océano que hay al otro lado de las columnas de Heracles con olas enormes y de una extensión que parece no terminar nunca.

»En tu mar, cuando navegues, verás muchas velas y otros barcos haciendo las rutas comerciales escoltando a veces otros navíos muy grandes cargados de mercancías de todas las costas donde atracan y todo tipo de artesanos. Rogaré a Dios para que no te encuentres con piratas.

Imhotep sigue señalando y dibujando…:

—Esto es la isla de Sherden (Sicilia), tienen unos guerreros ferocísimos. En los últimos años, han atacado ciudades en la costa de Grecia. También se han aliado con otros pueblos que buscan riquezas o que huyen de los invasores del norte o de la sequía. Esto de aquí es Micenas con sus impresionantes construcciones y sus ejércitos armados, dueños de mil islas guerreras. Durante los últimos años, el hambre y los terremotos han producido muchas rebeliones de multitudes hambrientas que, en su desesperación, se han unido a piratas guerreros que vienen del oeste. Micenas es un gran reino que está a punto de venirse abajo. Aunque son ciudades muy ricas, llenas de oro por el comercio y de grandes artesanos y artistas, cuando me fui estaba en un punto crítico, se pasaba de las riquezas de las clases gobernantes a la pobreza del pueblo, y eso lo estaba sumiendo en guerras civiles. Muchos de ellos, con sus naves, salieron buscando una nueva vida, y muchos se han unido para saquear otros pueblos aún ricos.

»Yo quería alejarme de todo aquello y me vine aquí a vivir contigo.

»Esto es Alesiya (Chipre), la isla de donde proviene casi todo el cobre de estos imperios poderosos. Le ocurre lo mismo, muchos refugiados de las islas de Grecia y del continente han acabado allí buscando sus riquezas. Lo último que sé es que la situación era difícil para su rey, que intentaba mantener la paz y asegurar el comercio abierto mientras los campos se morían por la insuficiente lluvia.

»Este de aquí es el reino de los hititas, con sus ciudades enormes y amuralladas, como Troya o Ugarit, rebosantes de personas, comercio y riquezas que dominan el comercio del Levante. No se hablan con los griegos. Esto otro de aquí son los babilonios. Estos son los mesopotámicos que traen el estaño del interior del continente. Aquí al sur, en la otra costa, encontrarás el pueblo de los libios y, más allá, Egipto, el país de las pirámides, mi patria. Se nutre de la riqueza del río Nilo y de las minas de oro de Nubia...

Y así Imhotep, nervioso, intenta explicarle a una niña de dieciséis años que no ha salido de su poblado todo un universo de problemas y de relaciones internacionales de las que él ha huido.

Y sigue sin poder parar...:

—Lo que no te he contado es que la situación actual debe ser muy diferente a como era hace cincuenta o sesenta años. Actualmente, aunque las rutas comerciales y los puertos donde atracan los barcos están muy activos y las ciudades son muy ricas, la demanda de metales y personas que lo trabajan es enorme, así como la búsqueda del poder y la riqueza es una obsesión general en estos sitios, pero la profunda sequía está haciendo que los reinos no tengan alimento ni grano de sobra en las épocas de escasez y, aunque piden ayuda, muchas veces están enfrentados entre ellos... Creo que va a seguir habiendo guerras.

»La población se está volviendo loca.

»Si los Estados no consiguen alimentar ni satisfacer las demandas de la población, todo se va a venir abajo. Las masas de personas se debaten entre la riqueza o no morir de hambre y son capaces, para sobrevivir, de pisarse unos por encima de otros, incluso de sus familias. Emigran en masa hacia las ciudades ricas de costa del Levante asaltando barcos e islas. El mundo se desplaza al este, hija.

»Las naciones, cuando me fui, parecían empezar a entrar en espiral de desastre. Mucha gente vivía del lujo, o de cultivar habilidades que eran pagadas por las clases dominantes y ricas al tiempo que sus vecinos se morían de hambre.

»La demanda cada vez mayor de bronce hacía absolutamente imprescindible que las rutas con el centro de Asia estuviesen abiertas, casi todo el estaño viene de ahí, y sin él no hay armas; por eso últimamente vienen más por nuestra península, aunque esté más lejos. Allí, en Mesopotamia, las rutas del estaño eran una de las prioridades de las hordas de personas y grupos de ejércitos locales a veces intentando apoderarse del botín, al tiempo que los ejércitos de los hititas o de babilonios eran, en muchas ocasiones, incapaces de detenerlos. Había revueltas por todos los sitios.

»Hija mía…, ¿cómo te voy a dejar ir…?

»Como te he dicho, en mi último año, una coalición armada con guerreros procedentes del oeste, de las islas de todo el mar, así como las ciudades micénicas en Grecia arrasadas por el hambre y por las luchas con los vecinos, había puesto su flota y sus soldados rumbo a Egipto a saquear el reino más rico. Algunos incluso viajaban con familias, pensando que después de su victoria se asentarían allí. Los derrotamos en Libia.

»Recuerdo aquella batalla y aquel día, Nilda, y créeme que, cuando lo has vivido de cerca, no lo olvidas y te cambia la manera de entenderlo todo… a las personas que han participado, su sufrimiento. La guerra refleja nuestra alma.

»Y así, hija, me tocó multiplicar mis esfuerzos y adiestrar a cientos de herreros como tú, solo que ellos estaban especializados en armas para poder contener a todos los pueblos que venían de las islas del mar y piratas del continente junto oleadas de migraciones de gente que no tenía dónde ir. Esto fue la gota que colmó el vaso. Después de tanto viajar, conocer, comerciar, estudiar, aprender y descubrir todo acerca de los metales y los minerales, de dónde vienen, no tenía apenas un momento de paz y, aunque mi reputación cada vez era más valorada, por dentro no podía seguir allí, perdiendo la humanidad. Al final, llegué aquí y te conocí… Y, mientras estoy contigo hablando y dibujando estos mapas que conoces, me pregunto si mereció la pena las cosas que aprendí y las maravillas que vi por los horrores que conocí, la envidia y la persecución eterna de las personas tras las riquezas, el lujo y la miseria, que son las dos caras de la misma cosa. Entiendo que tienes que ir, aunque podrías no volver.

Y así, entristecido, con mucho cariño abraza largamente a su hija y, cambiando de conversación, empiezan a hablar, como tantas veces, disfrutando de ello, de los minerales, la metalurgia y su mundo.

Los días siguientes, los preparativos son muy sencillos, sin demorarlo más, pues a los dos les duele mucho, y ya se sabe que el camino más largo empieza con un paso. En este caso, sabiendo el camino hacia Tarsis, donde debería de embarcar en un viaje que debía de llevarle a Egipto en cuanto fuese posible. Disponen todo, que no son más que dos alforjas y un caballo tirado por una niña de casi diecisiete años.

Imhotep, después de abrazarla, le da un anillo con un símbolo egipcio y le dice:

—Este es el sello del faraón, concedido personalmente por agradecimiento. Es muy excepcional recibirlo y el que lo porta tiene la bendición y protección del faraón mismo. Podrías pedir audiencia con él si lo necesitas, ponlo en tu dedo porque podrías necesitarlo en tu viaje.

Una última mirada al poblado, y Nilda y su caballo inician el camino de descenso dejando atrás su pueblo, su familia y lo conocido.

Al terminar de bajar el monte y seguir la senda del río hacia el sur, se encuentra con una figura que le es familiar. Es Breogán. Se ha cortado el pelo y no lo lleva tan largo como en otras ocasiones. La está esperando. Curiosamente, Nilda no se sorprende y se alegra de verlo y le dice:

—Adiós, Breogán, espero que nos volvamos a ver. Siempre has sido un buen amigo, a mí me hubiera gustado que algún día fuéramos más, pero tú serás el jefe de nuestro pueblo, y yo tengo que buscar mi camino.

—Me lo ha dicho tu padre. He venido para decirte que tardes lo que tardes estaré contigo. Aquí te esperaré si vuelves, y a nadie más. Hoy eres una desconocida, pero, cuando el mundo te conozca, serás como tu padre. Espero que entonces quieras volver aquí también conmigo.

Breogán tiene los ojos rojos, mira fijamente al azul intenso de los ojos de Nilda, le coge la mano a la joven metalúrgica, fuerte, pequeña y áspera. Luego la suelta y siguen su camino, una hacia el mar y el otro a la montaña, todo está dicho. Por encima de sus cabezas, vuelan los buitres silenciosos en el día en el que la naturaleza no emite ni un solo sonido.

II.

Sherden (Cerdeña)

> «Los implacables sherdens, que nadie ha sabido nunca como combatir, venían de manera atrevida en sus barcos de guerra desde el mar, sin que nadie haya conseguido resistirlos».
> Estela de Ramsés II hallada en Tanis. Siglo XIII a. C.

Sherden es una isla grande, su puerto está preparado para recibir todo el volumen de veleros comerciales que se presten, pero hoy el motivo de tantos barcos es otro. Viendo el contingente de tropas y buques, nada hace pensar que se trate de una reunión secreta, sino más bien de una demostración de poder. Un ejercicio de ostentosidad militar entre las naciones emergentes de las islas del mar y de aliados de Levante que ya reclaman un papel dominante, intentando olvidar que alguna vez fueron vasallos de los hititas o de los egipcios.

La isla es rica en cobre y estaño. Este último elemento es muy importante, ya que es aquí, además de en la península donde vive Nilda, por donde acaba el mar por el oeste, el único sitio donde es suficientemente abundante para exportarla. En la isla, los sherdens, durante los primeros años de la metalurgia, fueron muy importantes, tenían conocimientos mucho más adelantados en ese campo que el resto de pueblos, y aún conservaban fama de buenos trabajadores de los metales, pero la riqueza desmedida de Alesiya en cobre, así como su proximidad tanto geográfica como cultural a los poderosos reinos de Levante, les habían provocado una grave crisis. Seguían teniendo buenos compradores en los pueblos etruscos, los teresh, y también de las costas del sur; pero el hecho de perder preponderancia, al tiempo que la sensación de no haber sido suficientemente valorados por los egipcios que habían contratado a generaciones enteras de mercenarios para luchar contra los hititas, o los cananeos, hizo que resurgieran nuevos odios entre ellos. Durante el reinado de Merneptah cuando Imhotep estaba en activo, miles de sherdens se unieron a libios, a los shekelesh (Sicilia), a los teresh (etruscos en Italia), a los eqwesh (griegos continentales, algunos micénicos y sus islas), junto con invasores del norte errantes y piratas de la costa de Levante, en un intento de invadir Egipto y sus ricas tierras.

La batalla final, a la que asistió Imhotep, se produjo en tierra de los libios, que siempre habían ansiado arrasar a sus vecinos. La derrota de la coalición hacía más de veinte años y nunca fue bien digerida. ¿Habían elegido el bando equivocado? ¿Debían de haber estado del lado de los egipcios? Los veinte años siguientes esa fue la discusión que fracturaba la jerárquica sociedad de los sherdens.

Cerca de la costa se encuentra la gran nuraga, una fortificación excepcional de piedra con una torre redonda en el centro desde donde se domina el puerto. La construcción tiene miles de años, es imponente y sobria a la vez, dentro se produce en estos momentos la gran asamblea de reyes y jefes de la coalición.

La fortaleza está custodiada por soldados sherdens con cascos con cuernos, al modo habitual de la isla; llevan también armaduras, lanzas y espadas de bronce.

Piras es el regente de Sherden. El legítimo rey aún es un bebé. Él es un guerrero belicoso y valiente, criado a la sombra de la derrota en la cual él no tuvo oportunidad de participar; su familia no lo consintió. Aún recuerda bien cómo su padre lideró las naves de su pueblo. Piras se quedó en el puerto viendo cómo las velas desaparecían por el horizonte. Su padre no volvió, pero él juró continuar su legado y vengarle.

Entre los otros representantes de los pueblos, muchos son nuevos y más bien jóvenes, pero también los hay experimentados en aquella aventura pasada y no parecen dispuestos a repetirla.

—¿Quéééé, volver a atacar…?, ¿estáis locos? Nuestro pueblo está sufriendo invasiones por el norte, cruzando las montañas, y en el sur hay hambre, las cosechas han sido desastrosas… Para colmo de males, el año pasado la tierra volvió a temblar… ¿Cómo se supone que voy a reclutar hombres que dejarán de trabajar el campo y alimentar a sus hijos para embarcarse contra el faraón? —grita un jefe etrusco mientras murmura a su comitiva que ya sabía que sería una pérdida de tiempo el viaje hasta aquí, y continúa—: Os pregunto a vosotros, ¿es que acaso estáis mejor? Sé que hay hambre y revueltas en Micenas, antes, rica y poderosa; ahora, en llamas. He oído que vuestro mismo pueblo quema palacios y templos, y las que fueron en otra hora ciudades legendarias ahora son abandonadas. Los que os han llamado a esta reunión junto con los shekelesh (Sicilia) os han vencido y arrasado algunos de vuestros puertos, sublevado a vuestras gentes y matado a vuestras clases dirigentes… Y ahora, ¿os queréis unir a ellos? —expone un jefe teresh.

Uno de los jefes griegos toma la palabra, su nombre es Néstor y ya está entrado en años. El ambiente está tenso, ya que estos pueblos han sido aliados o enemigos en diferentes momentos, alternando confianza y desconfianza. Dentro del salón circular, en el interior de la torre, hace fresco, y tan solo se oye por un instante el crepitar de las teas.

—Los dorios nos atacan por el norte, en la costa estos piratas sherdens (Cerdeña) también han saqueado puertos griegos, efectivamente, la sequía y el hambre no nos dan descanso, y los terremotos destruyen nuestras ciudades. Nuestro comercio era una de las fuentes de vida para nosotros, pero los hititas, ahora también en Alesiya desde que fue conquistada por ellos, nos bloquean las rutas. No nos dejan obtener estaño del Este y hemos viajado aquí innumerables veces por él. Micenas no puede más, sus artesanos se han revelado y el ganado no tiene para comer. Nosotros nos uniremos y tomaremos de los hititas lo que nos han robado. Atacaremos sus ciudades y comerciaremos sin pagar impuestos ni a Ugarit ni a Troya. No consentiremos ver más a familias morir de hambre. Es por eso las revueltas internas de griegos contra griegos, los pobres se alzan hambrientos y los reyes que han acumulado oro no tienen grano que comprar. No moriremos sin hacer nada.

Néstor es hijo de un príncipe alejado de la sucesión en la ciudad estado de Pylos, en el oeste de la península griega. También entre sus ambiciones personales entran en juego sus apartados derechos al trono de su ciudad y territorios adyacentes.

La reunión se prolonga otros dos días. Las posiciones se enconan más y ahora el que no es aliado es enemigo, el que no se une será arrasado por esta coalición de ejércitos, desplazados, derrotados, oportunistas, mercenarios oprimidos o piratas.

En los discursos, hay todo tipo de argumento, odio y avaricia en algunos casos, venganza en otros, necesidad y fuerza mayor en algunos pueblos vencidos y arruinados e incluso algún pueblo se une por miedo a ser engullido por los demás.

Piras sabe que ha ganado, entre los reyes y jefes se le reconoce el liderato de la coalición. Y así, para contentar a sus aliados, va haciendo concesiones según la aportación en naves y hombres.

—Pronto empezaremos por las ciudades aliadas de los hititas, bajaremos la costa desde Troya a Egipto, y repartiremos sus riquezas entre nuestros pueblos. Pero antes tomaremos Alesiya y se la arrebataremos a los hititas. A medida que vayan cayendo las ciudades, les ofreceremos unirse a nosotros o morir. —Piras, después de satisfacer a los micénicos, termina—: Entonces nos reuniremos e iremos a por Egipto, caerán todos los reinos.

Uno de los representantes de los pueblos piratas de la costa de Levante, los lukka (sur de la península de Anatolia), toma la palabra y pregunta:

—¿Qué pasará si los hititas y los egipcios se unen cuando se enteren de nuestros planes?

Su nombre es Marluk, tiene el pelo rizado muy negro, piel morena y la mitad de la cara tatuada. Nunca se separa de su sable afilado. Su fama le precede e incluso en la reunión de jefes hay varios que, gustosos, le habrían dado muerte por abordar sus mercantes. Sin embargo, tenerle como aliado les da la oportunidad de alcanzar sus objetivos.

Piras contesta:

—El hambre y las revoluciones en la tierra de los hititas lo harán casi todo. Su situación es ahora desesperada; además, son enemigos entre ellos, no hace tanto de Qadesk, cuando quieran darse cuenta todo su mundo habrá caído. Sus vecinos del norte, los kaskas, llevan años en guerra con ellos y han tomado la capital hitita, Hattusa, varias veces antes. Los kaskas serán aliados nuestros. Ya hemos estado con ellos. Las ciudades interiores serán suyas, la costa nuestra. Los envolveremos. ¿Quién va a ir en ayuda de los hititas?, es un reino rodeado de enemigos.

«Acabar con Hatti, qué majadería. Los hititas son invencibles», piensa el representante de los teresh (etruscos de Italia), que se calla su opinión.

Marluk es conocido por su crueldad; la reunión es importante para él, que se le trata al mismo nivel que los otros jefes y reyes en la reunión. Vuelve a tomar la palabra y dice:

—Deberíamos de infiltrar a alguien en Egipto, debemos saber sus planes. Estas potencias pueden ser enemigas, pero saben que su mundo estará en juego y pueden aliarse.

Después de Qadesk firmaron un tratado de paz que aún persiste. Así, camaradas, mientras ellos se ponían de acuerdo, nuestros pueblos, con sus muertos, que participaron en ambos lados, nunca sacaron provecho ni se nos preguntó.

En ese momento, se levanta un teresh y se propone para ello. El perfil parece bueno, educado a orillas del Nilo, ha trabajado en estas funciones de informador y espionaje antes en pequeñas escaramuzas siempre con buenos resultados y goza con el apoyo de los micénicos y los shekelesh, además de sus compatriotas etruscos. Su nombre es Persio, delgado y fuerte, de estatura mediana. Es moreno de pelo y la melena le llega a la altura del cuello. Tiene los ojos negros, su padre fue mercenario en el ejército de los egipcios durante la batalla de Qadesk contra los hititas. Allí murió, y su familia pasó a Egipto a vivir como extranjeros, hasta que emigraron a la tierra de los etruscos (Italia).

Piras accede a los etruscos, también hay que darles protagonismo para salvar sus reticencias. También sabe que la conquista del mundo está a su alcance, tanto como derrocar la línea dinástica de la monarquía y proclamarse rey de Sherden (Cerdeña) y cuantos territorios le correspondan en esta guerra.

La noche está cayendo en la isla. Durante la asamblea de pueblos, dentro del nurag, sus gruesos muros de piedra conservan el aire de la primavera y no se percibe el intenso calor del comienzo del verano. Ahora la agradable brisa del mar recorre el puerto iluminado por un gran faro encendido. La gigantesca tea servirá de guía para los barcos que se aproximen por la noche.

Los barcos de la coalición están amarrados, sus hombres han dispuesto todo para levar anclas con las primeras luces. Cada rey o jefe cena con su séquito, el pacto está sellado y ¡ay de aquel que se atreva a no cumplir! En los meses y años venideros, se va a derramar mucha sangre y se van a quemar muchas ciudades y campos, más vale que no sean las propias.

Con el último rayo de sol, aparece un barco de tamaño intermedio, suficientemente grande para recorrer todas las rutas. Es un barco mercante, tiene un potente mástil que sujeta una vela cuadrada de lino blanco sin tintar. Está bien inflada a esta hora que la brisa se dirige hacia tierra. Ha estado esperando unas horas a que la dirección del viento cambie, con el calor de la tierra el aire parece fuego y así, caliente, liviano y adyacente al suelo, se dirige al mar. Con el cambio de horas, la costa se enfría más rápido que el agua del mar y el aire más fresco se sitúa ahora en la tierra, la brisa cambia de dirección, el navío se acerca con velocidad al puerto, sin tener que hacer un esfuerzo con los remos.

La pasajera, a pesar de las semanas de navegación, sigue mirando el mar en un estado casi hipnótico. Hace poco nunca lo había visto y, después del miedo inicial, ya se ha acostumbrado al oleaje, a la humedad del aire y a la sal. Disfruta cuando las olas la salpican y cree estar conociendo el cielo y la aventura que buscaba. No tiene miedo, es pura excitación de aventuras.

—Así que metalúrgica. Solo tienes diecisiete años y has recorrido la mitad de la península tú sola para conocer mundo... ¿Y tus padres te dejan?, ¿qué ha sido de tu familia? ¿Y no tenías miedo tú sola en los bosques? Astarté te proteja, criatura. Has tenido mucha suerte de no caer en manos de bandidos.

Nilda va contestando las preguntas, ¡¡¡las mismas preguntas desde que llegó a Tarsis!!!... Tampoco le parecía tan extraordinario, ya había ido sola con su padre por los pueblos vetones muchas veces, e incluso sola a recoger minerales, aunque es cierto que a Imhotep le gustaba acompañarla.

—Mi madre murió siendo yo un bebé, mi padre me ha cuidado siempre, supongo que me ha tratado con tal cariño que no he conocido la maldad y eso me hace ser, tal vez, demasiado confiada. Tiene usted toda la razón, señora... —Nilda va contestando con paciencia—. Sí, sí me gustaría casarme con alguien, pero primero quiero conocer algunas cosas. En Sherden hay buenos forjadores, ¿verdad? —Nilda intenta preguntar.

—Bueno, sí, nosotros no rezamos a Astarté, tenemos otros dioses, pero mi padre dice que al final es simplemente que, en cada sitio, ese Dios es siempre el mismo, pero le cambian de nombre... Claro que en algunos hay muchos...

—Disculpe, le preguntaba si en Sherden hay buenos forjadores. —Nilda insiste en preguntar a la anciana que le habla contestándole acerca de otros temas.

—Bueno, sí, los vestidos son bonitos, pero yo no tengo muchos, tampoco sé mucho de ellos, la verdad. En mi aldea hay una chica que se llama Drusila y sabe mucho más de ello, sus padres comercian con las mercancías que traen los griegos, pero yo…

—Disculpe que le pregunte otra vez, pero mi padre me aseguró que en Sherden hay buenos forjadores de metal y a mí me gustaría conocerlos… —Nilda empieza a pensar a estas alturas que no sacará nada de la conversación…

La anciana sigue hablando sin parar de sus cosas.

—Así que cree usted que debo dejarme el pelo más largo, en realidad me gusta así, como media melena, un poco como las egipcias…

Nilda se ha rendido…, ya lo verá en la isla.

De pronto, el vigía anuncia:

—¡¡¡Puerto a la vista!!! ¡¡¡Sherden nos espera!!! Tendréis tres días, luego seguimos la marcha, aprovechad para comprar joyas y adornos personales, los sherdens son buenos forjadores de todo, también de oro.

Nilda, la anciana y su familia se asoman por la proa. Solo se ve la luz del faro, pero, a medida que se acercan al puerto, ya distinguen docenas de barcos, todos de diferentes tamaños y formas. Muchos, evidentemente, son de guerra, y parte de la tripulación está junto a ellos. El puerto está custodiado por los imponentes guerreros sherdens. En el viaje, la familia se los había descrito a Nilda. La verdad es que, en esos pocos días, han cogido cariño a la chica celta, que viajando sola les pareció que la tendrían que ayudar. La primera que la vio fue la abuela, que se llamaba Nicosia, y propuso pagar el viaje a la niña aunque la chica no aceptó. En su lugar decidió vender su caballo siguiendo el consejo de su padre y utilizar parte del oro para costearse los desplazamientos marinos. El hijo de la anciana se llama Alexander y su suegra, Adara. Ambos son reacios a tener más compañía, ellos ya viajaban con un bebé; sin embargo, Nicosia convenció a la tripulación del mercante de que, a cambio de un poco de oro, Nilda podría embarcarse hacia Micenas. Allí, ella podrá encontrar fácilmente un barco que zarpe a Egipto.

Nicosia, y no es la primera vez, tuvo un presentimiento cuando vio a Nilda en el puerto de Gadir. La joven tenía una expresión de asombro al mirar el mar. Supo desde el principio que venía del interior de la península y supo que esa chica tendría un papel que cumplir, aunque no sabía cuál era. La anciana fue durante años una de las sacerdotisas del templo en Micenas. Aunque entonces su faceta más reconocida entre los que la conocieron había sido ser pitonisa adivina. Permaneció fiel al templo hasta que un día alguien abandonó un bebé envuelto en una manta en la puerta. Desde entonces, decidió escapar con la criatura y no volver la vista atrás. Fue como una fuerza vital que le dijo en aquel momento que su vida debía de cambiar de rumbo. Sin pensárselo dos veces, salió del templo a escondidas con el bebé y, recorriendo jornadas enteras a pie hacia el norte, llegó a la península de los etruscos, donde se ganaba la vida como adivina. Entonces era joven y el cuerpo lo aguantaba todo. No se separaba de su hijo y siguió andando y recorriendo los pueblos de la costa, y en ocasiones las montañas, hasta que se estableció en Tarsis. Allí vivió soltera criando al pequeño Alexander que, con los años, se convirtió en maestro carpintero, reconvertido en los últimos años en constructor de barcos. Ahora, ya anciana, su último deseo es volver a su patria. Quería ver de nuevo el antiguo templo. A su hijo adoptivo, Alexander, la vida lo llevó a trabajar una época en la carpintería de los recientes templos de los tartesios al sur de la península. Allí conoció a Adara, también de familia griega, sus padres eran comerciantes y nació su hijo. De esta manera, tanto el pequeño bebé como Nilda eran originarios de la península.

Cuando Nicosia vio a Nilda, algo muy profundo se despertó en ella, evidentemente sintió una simpatía especial por la chica que, saliendo de la seguridad de su hogar, se había lanzado a conocer mundo como hiciese ella hacía muchos años atrás. Aunque con frecuencia le gusta hablar de banalidades y chismorrear con Nilda, la cual ha demostrado tener bastante paciencia, sabe lo serio del momento y lo abrumada que podría sentirse la chica que, aún, mira el mar con asombro, como si conociese de golpe lo trágico del momento y los años que la esperan y la transformarán.

El barco finalmente amarra en el abarrotado puerto de Antigori. Queda bien sujeto por las cuerdas. La tripulación coloca una tabla que conecta la embarcación con tierra firme y empiezan a bajar los pasajeros. Nilda no se separa de la familia y avanzan juntos recorriendo la zona portuaria. No hace falta ser un experto para darse cuenta de que en ese momento está fuertemente militarizada. Después de dos semanas en el mar, agradecen estar en tierra. Han acordado con el resto de la tripulación reunirse junto al barco en tres días, durante ese tiempo tendrán la oportunidad de comprar en los numerosos establecimientos que se disponen a la orilla del mar. Por su parte, tanto Alexander como Adara aprovechan para vender e intercambiar mercancías que cargaron en Tarsis. En realidad, eso era parte del acuerdo que tenía la familia con el propietario del barco y su tripulación. Pagaron el pasaje parte con oro y parte con un porcentaje de beneficios de las ventas. Uno de los productos estrella que han traído para comerciar son lingotes de estaño, muy valorados, y lo serán más a medida que avance el viaje. El estaño puede ser en ocasiones casi tan valioso como el oro, especialmente ahora que el suministro del mismo está bloqueado por Hatti.

La familia cena en una hoguera improvisada y se tumban a dormir. Nilda se tapa con una manta y, mirando las estrellas, se da cuenta de que añora a su padre y el poblado celta de donde viene. Piensa también en Breogán y se pregunta hasta qué punto puede tener credibilidad su promesa. Una cosa es una intención sincera, y otra es oponerse a las decisiones de sus padres y las presiones de las otras familias, especialmente la de Drusila, para que el futuro jefe del poblado se case. A Nilda siempre le gustó Breogán, pero nunca había albergado esperanzas, hasta el día de su despedida. Y así, pensando en ello, se duerme en paz en su primera noche en Sherden.

La mañana amanece muy agitada. Cientos de personas se agolpan en los puestos a comprar, vender o curiosear con las mercancías. Hay todo tipo de lenguas y personas, pero el griego parece ser lo más parecido a un idioma oficial. El gentío y el ruido de fondo son enormes. Nilda solo ha presenciado algo similar en Tarsis, hace pocas semanas; y, antes de eso, nada parecido.

—Vamos al barco y prepararemos la mercancía —propone Alexander—. Adara, tal vez sería mejor que prepares el desayuno para todos, alguien de la tripulación me ayudará a descargar.

—Yo voy contigo —dice Nilda—, también puedo ayudar a vender el metal, sé mucho de eso.

Adara sigue mirando con desconfianza a Nilda, a la que apenas le dirigió la palabra en toda la travesía. Eso de que una chica vaya sola por el mundo no le parece bien. Como casi todos los griegos, piensa que el lugar de una mujer estaba bien definido al lado de su marido. Además, la chica ya no es una niña, y es muy atractiva. No le hacía mucha gracia la proposición de Nilda a la hora de ayudar a su marido a descargar el género.

Nicosia, conociendo los pensamientos de su nuera, se acerca a ella y le dice:

—Quédate tranquila, Adara, la chica tiene buen corazón, ninguna culpa tiene de su belleza. Lo importante está en su interior, nada tienes que temer. Os será de ayuda llegado el momento.

Después de que el improvisado puesto esté montado con la mercancía dispuesta, empieza la afluencia de gente. Nilda y los demás han colocado lingotes de estaño proveniente de la península de forma perfectamente prismática, marcados por su peso y medida con las varas de medida homogeneizantes que están siempre dispuestas en todas las zonas portuarias que se precisen. También venden cobre peninsular, algo diferente del Sherden, vasijas y telas tartésicas.

A diferencia de los puertos micénicos, hititas y egipcios, el comercio aquí está más liberado de las políticas de los grandes palacios, a pesar de que la situación económica en Micenas se ha deteriorado tanto que los mercaderes orientales que están en el puerto comentan despectivamente que Grecia cada día se parece más a «esto».

Nilda se ocupa de explicar las bondades del estaño, es una gran responsabilidad, ya que es la principal atracción que tienen en venta.

—Sí, es estaño de la más alta calidad, ha salido de casiterita peninsular; de cuatro partes, tres son de estaño puro. Está pesado y medido correctamente… Sí, mezclado con cobre se funden ambos en poco tiempo en un horno de barro y paja. La temperatura de fusión no es alta y el metal sale muy duro. Lo puedes afilar fácilmente si son armas, y en el caso de adornos mantienen su brillo como recién fundido. Muy resistente.

Nilda aprovecha sus conocimientos de metalurgia y los clientes lo notan. La mañana es un éxito completo. Ha vendido todos los lingotes destinados a esta parada. La familia está contenta.

Adara, más tranquila y contenta, comenta con su familia:

—Bueno, parece que la niña metalúrgica al final sabe hacer algo de provecho, menos mal porque come como un jabalí, ¿por qué no engorda?

—Lo ha hecho muy bien, y al fin y al cabo ella ha pagado su pasaje, esto lo hace por ayudar. Creo que la cerámica y las telas no van a ir igual, lo mejor es dejarla que se dé una vuelta por la ciudad. Algo podrá contar cuando vuelva a su pueblo —añade Alexander.

Nilda se acerca con una sonrisa de victoria, tiene un saco vacío, que le da la vuelta y lo sacude como cerciorando que no quedan lingotes, y entrega el oro recibido.

Alexander le dice

—¡¡Bravo, Nilda!! ¿Por qué no te das una vuelta por la ciudad?, nosotros podemos encargarnos del resto del día. Me ha dicho mi madre que te interesan los forjadores Sherden. Disfruta de ello.

«Así que sí me escuchaba Nicosia», piensa para sí la chica…

—Muchas gracias, Alexander y los demás, me gustaría hacer algo por vosotros, que habéis sido muy buenos ayudándome con mi viaje. ¡Es una sorpresa, mañana lo veréis! —les habla con excitación y alegría.

Nilda pasea por el puerto mirando y curioseando todo. Ve la zona de venta e intercambio del Gobierno egipcio, tienen marfil de hipopótamo y elefante, vidrio, cestas de mimbres, jarrones y cerámica de todo tipo, dagas de obsidiana magníficas, piedras preciosas, papiro para escribir, telas, sandalias, ropa de su tierra, ámbar, perfumes, etc. La chica está encantada y, aunque no compra nada, se acerca al grupo y los saluda en su lengua. Los egipcios se quedan muy sorprendidos, la chica es muy blanca, no le ha podido dar el sol de Levante, por lo tanto, si viene del interior del continente, ¿cómo habla tan bien?

Nilda pregunta:

—¿Vais a Egipto directamente desde aquí?

—No, tenemos una ruta con varios puertos, ¿por qué quieres saberlo?

Tras un largo rato observando, la chica cree detectar un cierto misterio, algunos egipcios no parecen muy interesados en el asunto comercial y miran, observan y toman anotaciones de los barcos en el puerto y de los grupos de soldados y sus procedencias. Escucha los comentarios de los egipcios que no la habían visto llegar y entiende sus diálogos.

—Hay también barcos etruscos, lukka (Anatolia), shekelesh (Sicilia), micénicos y minoicos, son los mismos de los que bajó una comitiva y entraron en el nurag. He contado en total más de cincuenta y tres barcos.

—Yo he visto a Marluk con el resto de los lukka, deberíamos matarle aquí, pero de poco serviría. Aquí estamos en sus territorios, vayamos a informar cuanto antes. Mañana deberíamos zarpar.

—Debemos ir a Grecia, no sabemos qué va a pasar allí; además, tenemos que dejar trabajar a nuestro hombre.

—¡Tú!, ¿quién eres? Hablas nuestro idioma, ¿qué haces aquí? —le exhorta a responder un egipcio del grupo.

Nilda, asustada, responde:

—Mi padre es egipcio, vivimos en la península, él me enseñó a hablar, pero no os estaba escuchando… —Su voz suena con miedo pero sincera.

Un egipcio se acerca y le susurra:

—Ten cuidado, muchos mueren por menos.

La chica comienza a irse cuando otro le pregunta…:

—¿Quién es tu padre?, ¿dónde vivía en Egipto?

Ella se da la vuelta y contesta:

—Imhotep, el maestro metalúrgico de la corte.

Y saca el anillo del faraón del pequeño zurrón que lleva colgado del cuello, los soldados egipcios se quedan perplejos... Un tercer soldado que parece ser el jefe se acerca y le dice:

—No sé quién eres, pero ningún sitio es seguro, mejor sería volver con tu padre, yo lo conocí. Una persona excepcional. Sal de aquí.

Nicosia se acerca, no entiende el egipcio, pero interpreta la conversación a la perfección, coge a la chica por el brazo y le dice en voz alta:

—Ya sé... Estabas probándote esas camisas que llevan las egipcias por encima del ombligo, ¿verdad, querida?

—Sí, sí..., por encima del ombligo —repite ella desconcertada y un poco asustada.

Se alejan por la línea infinita de puestos y en un momento Nicosia se vuelve y le dice a Nilda:

—Los forjadores Sherden son muy buenos... Sí, así es, no es casualidad, no paran de forjar armas, están empezando a forjar hierro; de hecho, los pellesets (Creta) ya lo hacen y son aliados. Se prepara una guerra y no es por azar que haya tantos navíos de guerra...

»Por el amor de Astarté, Nilda, guarda ese anillo con el sello del faraón, y no hables egipcio, la gente de los pueblos del mar pensará que eres una espía y te cortarán el cuello. La vida humana vale poco estos días... Ahora finge que eres solo una cría interesada en bisutería y chicos.

Nilda está muerta de miedo y no se separa de la anciana esa tarde. Nicosia siente que la chica se haya asustado... y le dice mirándola a los ojos:

—Estás aquí por algún motivo, el mundo que hemos conocido se derrumba, yo vuelvo a mis orígenes, donde nací, es mi último deseo. Mi hijo ha decidido acompañarme, trabajará en la construcción de barcos para los pellesets, cree que es un buen negocio... No sé... Yo hubiera preferido que se quedasen en Tarsis. Tal vez les tengas que ayudar si las cosas se ponen muy mal. Es mejor que disfrutes del mercado estos dos días, ya tendrá tiempo el fuego que has de vivir.

Nilda escucha intrigada y algo preocupada.

La chica cena con la familia en silencio, reflexionando sobre las palabras de la anciana: «Estás aquí por algún motivo», que le resuenan en la cabeza. Se intenta dormir imaginando el cuerpo de su padre durmiendo a su lado, como hace siempre en el poblado.

La mañana siguiente despierta igual de bulliciosa. La familia le dice que se tome la mañana libre para conocer mundo, y ella accede.

Se aleja un poco del puerto y ve la costa, con sus desfiladeros que terminan en pequeñas calas. Baja a la orilla a disfrutar un poco del mar y entra hasta la cintura, a la vez que sigue caminando paralela a la costa, a veces sorteando rocas. En ocasiones, se detiene en algunas y escucha el sonido de las olas con los ojos cerrados. Luego los abre y ve la inmensidad del mar. Siente el silencio y la paz.

«Me pregunto por qué, si el mundo es tan bonito y grande, no podemos vivir todos en paz. No conozco casi el mundo, pero creo que la avaricia y querer ser mejor que los demás, y tener más riquezas estropea nuestras vidas», piensa mientras continúa su paseo por dentro del agua hasta que llega a una nueva cala. Allí parece haber una reunión de soldados. Uno de ellos está delante de un grupo que adopta una forma de semicírculo como a modo de anfiteatro. Está dibujando un mapa en el suelo como hizo su padre hace semanas con ella. En el mapa, señala países y líneas entre ellos.

Nilda está ligeramente oculta por las rocas y siente que en ese momento debe alejarse de allí.

Comienza a hacerlo y el guerrero que explica la ve al tiempo que ella vuelve la cabeza, es moreno de piel y el pelo castaño claro, los ojos marrones. Es solo un instante, pero las miradas se cruzan.

—Me ha visto..., corre, vete de aquí —se repite Nilda mientras se apresura a salir a la playa y subir la escarpada pared.

Mientras gana la cuesta siente su cuerpo temblar por el miedo. Sin embargo, el guerrero no ha dado ninguna orden ni señal de aviso a los otros que están con él. Cuando finalmente llega al puerto, ve a unos metalúrgicos que están fundiendo chatarra en un horno de barro y paja que ellos mismos han hecho. Los comerciantes les dan la chatarra de bronce de diversos objetos, armas viejas, adornos, etc., les pagan por convertirla en lingotes con forma de buey de toro estirado. Nilda conoce la técnica.

Después de tanto susto, algo le dice que tiene que ser ella misma, fuerte y decidida, eso es lo que ella siempre ha sido. Pasa un buen rato mojando el barro y mezclándolo con pajas secas. Algún que otro colega de profesión le cede un poco de paja seca. También se ríen de ella, no con maldad, pero no creen que sea capaz:

—Mejor sería que intentase probarse vestidos para venderlos junto con los micénicos —dice uno, arrimándose a un colega.

Al final de la tarde, el horno está casi listo, pero deberá esperar a la mañana, de lo contrario las paredes no soportan el calor. Esa noche, después de cenar con la familia, se queda durmiendo junto al horno, como hacen los otros forjadores. Estos la ven y la respetan. La han visto hacer la construcción y saben que la chica no es novata. Se vuelven a reír, ya tienen algo que contar cuando vuelvan a casa.

De nuevo, la mañana amanece ajetreada y bulliciosa. Ruidosa y animada. Los soldados sherdens patrullan vigilando que no haya altercados y pidiendo los permisos para comerciar. Son una simple chapa de cobre que acredita que los navegantes han pagado el impuesto.

Nilda tiene el horno encendido, pero nadie le ofrece fundir chatarra, a diferencia de sus colegas, que no dan abasto a trabajar. Finalmente, hartos de hacer cola, se acercan unos libios y le entregan una buena cantidad de bronce en múltiples objetos.

—¿Sabes hacerlo o estás aquí guardando el horno para tu maestro? —le preguntan en griego.

—Yo soy el maestro, señor, no se preocupe, lo tendrá pronto. ¿Cómo lo quiere en piel de buey, cilíndrico o prismático?

—Prismático, niña —le responden los clientes con prisas.

—¡Sí, señor! —contesta Nilda.

Nilda trabaja duro y con presteza. Lleva sus herramientas indispensables en la alforja. Al cabo de un tiempo, termina el encargo que queda enfriándose. Tiempo récord.

Sus colegas la han estado mirando de reojo y uno se acerca a otro y le susurra:

—Vaya, la chica es una experta, de dónde sale esta.

Los clientes empiezan a llegar y los pedidos van a un ritmo increíble. Nilda está ganando más dinero que vendiendo incluso el estaño el primer día. A media mañana, tiene incluso unas peticiones para forjar. Entonces, empieza con maestría a martillazos y martillazos, a cuál más certero y potente, moldeando el metal incandescente. La mayoría de los encargos son hachas, espadas o azadas. Si solo tiene que fundir, su dominio de la técnica es exquisito. A su puesto también se acercan dos chicas que aparentemente pertenecen a la clase alta y privilegiada. Son muy jóvenes. Le piden fundir una pieza de oro y transformarla en unas alianzas de matrimonio. Nilda las observa y siente una sensación parecida a alguno de los momentos en los cuales Drusila la miraba y la llamaba carbonera.

Los otros metalúrgicos la miran con asombro. Uno se acerca a ella y le dice:

—Chica, tu técnica es admirable, es mejor que lo dejes, si llamas mucho la atención, los sherdens te obligarán a embarcarte con ellos y trabajar en sus fundiciones. Buscan metalúrgicos expertos para el hierro. Lo has hecho muy bien. Déjalo y ve con tu familia.

En ese momento, tres soldados sherdens se dirigen a su horno con paso decidido. El otro forjador se interpone en medio y dice:

—La chica es joven e inexperta, solo me ha copiado a mí, dejadla en paz.

—¡¡Aparta, cerdo, no es tu asunto, trabajar para nosotros es un buen negocio!! —Empujan al hombre, que cae al suelo.

Nilda no sabe qué hacer. Cuando los soldados llegan a la celta, un hombre dice detrás de ella:

—Está bajo mi protección, dejadla o ¿queréis terminar en las minas de Nubia trabajando para los egipcios?

Es el guerrero de pelo castaño que vio en la playa.

Los soldados se frenan, el guerrero les enseña un sello y ellos se dan media vuelta. Nilda se acerca y solo acierta a decir atolondradamente…:

—Gracias, yo no he hecho nada, me enseñó mi padre.

El guerrero sonríe, se nota seguro e inteligente:

—Por supuesto, estos días la gente se pone nerviosa en seguida. Me llamo Persio, soy teresh, nos hemos visto en la cala ayer, estoy aquí para instruir a los sherden a la hora de proteger las rutas comerciales.

Evidentemente, el hombre tiene alguna relación con el ejército, la chica no lo hubiera obviado, no es necesario decir nada más.

Nilda regresa sola al final de la tarde cuando el sol se está metiendo. Lleva una buena cantidad de dinero que la familia no esperaba y es recibida con admiración, pero a ella no se le ha pasado el susto aún.

—¡Qué ganas tengo de salir ya de la isla! —exclama, al tiempo que les cuenta la aventura de la fundición.

Alexander y Nicosia se miran con preocupación, Adara está sorprendidísima del interés que pueden despertar estos trabajadores del metal.

—Sabía que había mucha demanda, pero ¡¡captar a la gente a la fuerza!! —se queda pensando la joven madre, y empieza a pensar que tal vez no ha sido buena idea dejar Tarsis.

—Saldremos por la mañana pronto, ya he hablado con la tripulación —dice Alexander y añade—: Ese dinero que has ganado es tuyo, Nilda, tal vez lo necesites —añade el artesano.

—Hoy he ganado más dinero que mi padre en un mes, vosotros tenéis un bebé y creo que en el viaje puede haber sorpresas, dejadme seguir con vosotros y el dinero lo repartiremos. Me habéis cuidado mucho —argumenta Nilda.

—Bien, Nilda, veo que mi madre tenía razón —dice Alexander con una sonrisa.

La noche pasa y el despertar es igual de ruidoso, pero esta vez el grupo se dirige al barco. Después de cargar los últimos preparativos, está listo para zarpar. Nilda echa un último vistazo al puerto. Justo cuando están desatando las cuerdas, se presenta Persio.

—Buenos días —dice con una sonrisa el etrusco—. Me han dicho en capitanía que van ustedes a Micenas. Me pregunto si no tendrían problema en que me embarcarse con ustedes, el precio no es problema. Mi nombre es Persio, soy teresh de nacimiento, pero criado en todos los sitios.

Nilda se acerca a Alexander y le dice que él es el etrusco que la salvó y también el que daba órdenes a los soldados sherdens. A Alexander no le queda alternativa, el puerto está lleno de soldados que les retendrían sin dificultad. Por otra parte, el viajero está solo y al propietario del barco le agrada el pago del pasaje.

—Claro, adelante, compartiremos nuestro viaje. Permítame que le presente a mi familia y la tripulación.

Y así, por fin, zarpan. Poco tiempo después, se ve levar anclas, también con el mismo rumbo, a una flota de varias decenas de navíos de guerra de varias naciones. La vista es atemorizante. Nilda se acerca a saludar intentando concentrar sus pensamientos más en la segunda ocasión que vio a Persio que en la primera...

—Hola, aprovecho para volver a agradecerle su ayuda ayer —dice Nilda y pregunta—: ¿Por qué no viaja en una galera de guerra? Deben de ser más seguras.

—Sí lo son, pero mi trabajo aquí ha terminado, tendré más dentro de un tiempo... —Y deja la frase sin terminar mientras la proa se orienta al este.

La chica ya está disfrutando de las olas y de algunos delfines que se cruzan saltando por delante de la proa.

III. EL MAR

> «Las naves con múltiples remos, con frecuencia nos llevan al frente de gentes que buscan la ganancia en el mar. Bien atentos a la carga y a los fletes y al goloso provecho».
>
> HOMERO, *Odisea*

El mar lleva varios días muy revuelto, las tormentas y la lluvia normalmente bien recibida en esta época del año, tan escasa, han producido dificultades en el viaje, incluso pérdida de rumbo por unos días. Las olas enormes han estado moviendo el barco con un vaivén que hubiese hecho marear al marino más experimentado, cuanto más a Nilda, que ha pasado del asombro al terror al naufragio y finalmente al mareo cotidiano en su relación con el mar. Afortunadamente, la calma se acabó imponiendo a la tempestad y al menos durante esos días no temió que el buque terminase en el fondo del mar.

Adara, después de sentirse más confiada tras el comportamiento de Nilda, habla con frecuencia con la chica, como intentando justificar su actitud en los primeros días. Nilda lo sabe y no le importa; de hecho, está contenta de tener también una compañía femenina que, al fin y al cabo, no es mucho mayor que ella. Además, todo el tiempo que habla con Adara es un rato que no está disponible para Persio, del cual desconfía y ella misma se pregunta: «Qué tipo de cargo puede tener que, siendo teresh, maneja tal autoridad sobre los soldados sherdens» y «¿qué clase de líneas a modo de itinerarios dibujaba en la playa sobre esa especie de mapa que había pintado en la arena?» y «¿qué sentido puede tener que no vaya en una galera sherden si están a su servicio, y se embarque por cuenta propia en un mercante privado pagando su pasaje?».

A estas alturas, ya tiene claro la chica que tanto los egipcios que actuaban de mercaderes como Persio eran espías, y seguramente de bandos opuestos, es decir, llevado al extremo, enemigos suyos, ya que su destino final es Egipto, la tierra de su padre. Egipto siempre ha tenido buenas relaciones con los micénicos y los minoicos, en general, con todos los griegos; pero, según se ha enterado, las revueltas en Micenas y sus ciudades están alimentadas por los enemigos de Egipto, a los que se les habían unido muchos griegos sin patria, sin recursos o sin futuro, que ven en el asalto a otras ciudades un camino para ellos. En realidad, no le cuesta entender la necesidad del pueblo ante las crisis de invasiones y hambre, pero la solución no puede ser la guerra, menos con aliados como piratas u oportunistas deseosos de alzarse con el nuevo poder. A Nilda siempre se le hace un poco complicado explicar por qué los pueblos no buscan soluciones conjuntas… y, además, ¡qué obsesión con el hierro! Se lo había visto hacer una vez a su padre, con el horno grande que construyeron juntos. Ella fue a recoger pirita y calcopirita de unos yacimientos que estaban a medio día de su casa; su padre, en realidad, lo hizo todo, creo que lo había aprendido de sus viajes. Decía que había varios lugares que empezaban a hacerlo a la vez, pero él lo vio por primera vez en Alesiya. Le gustó mucho, pero el hierro, al ser más fuerte que el bronce, también podía hacer armas más peligrosas. Las espadas eran más cortantes, ya que se podía pulir el filo mucho más. Los cascos y escudos también eran más resistentes. Una lanza de hierro podía penetrar una armadura de bronce, pero, al revés, generalmente, no. La dificultad estriba en que la producción de hierro es más complicada y requiere que tanto el maestro como el horno sean muy buenos. La buena noticia es que el mineral de hierro es mucho más abundante y no requieren otro metal para hacer una aleación, como ocurre con el bronce, que necesita obligatoriamente del estaño. Aun así, la producción es compleja y prácticamente incipiente. Según su padre, los metalúrgicos rara vez tienen la formación para trabajar en un alto horno y conseguir la temperatura necesaria. No tienen problemas con el bronce, pero sí con el hierro, que necesita mucho más calor. Esta es la forma que tiene la chica para calmarse de tantos pensamientos perturbadores tras la parada a la isla. Desde que tiene uso de razón, las rocas, minerales y lo que hace con ellos son una fuente de paz. Le parecían misteriosos, alejados de los complicados pensamientos humanos. Ve en ellos un mundo de belleza que, de alguna manera, tenía que ser consecuencia de la existencia de algo maravilloso y que no es comprensible del todo para los humanos. Lo único que le recuerda esa sensación es la inmensa visión del mar. Ahora, después de semanas, se ha acostumbrado a la humedad, y también a estar mojada. El barco sube y baja interminablemente, las olas rompen contra la proa, donde a ella le gusta aproximarse hasta que alguna voz de la tripulación le dice:

—¡Niña, que en una de estas te vas a caer de un golpe de mar! —Y luego murmuraban los marineros: «Qué rara es esta celta, habla poco y piensa mucho».

En uno de esos momentos, se acerca Persio y se coloca a su lado sin decir nada. Nilda lo ve y saluda:

—Hola, Persio.

En realidad, no sabe de qué hablar, no le conoce, pero en principio deberían de ser enemigos por su procedencia; sin embargo, en el fondo, su compañía la agrada y, desde que la salvó de los soldados sherdens, siente que está un poco en deuda. Hace un esfuerzo por entablar conversación.

—¿Te gusta el mar? —pregunta Nilda.

—Sí, me da paz, me parece que es muy diferente a las personas —contesta Persio.

—¿No te gustan las personas? —pregunta de nuevo Nilda.

—Sí, si son buenas, pero muchas veces son egoístas. Entonces, en esos casos, si de verdad son malas y ambiciosas, no se puede hacer mucho más que pararlas.

Nilda entonces comenta con sinceridad:

—No parece la respuesta de un soldado.

—Un soldado es solo una persona armada que obedece unas órdenes. Es como un cuchillo, puede serte útil como instrumento o puede ser peligroso y violento como espada, depende de cómo decidas usarlo.

La chica no quiere seguir con la conversación, ha visto la autoridad que porta al frente de los sherdens, los cuales están navegando en galeras en la misma ruta que ellos, posiblemente a Shekelesh (Sicilia) para abastecerse. En un momento de decisión, se atreve a preguntar:

—¿Y tú qué eres cuchillo o espada?

—Mi conciencia y lo que me inculcaron mis padres a veces me obliga a tener que actuar algunas veces como cuchillo y otras como espada. Me gustaría creer que, antes de que me alcance la muerte, seré un hombre de honor y de utilidad.

Adara se acerca en ese momento, ha estado intentando, en general, que Nilda no se quede sola con Persio, no se fía de él, tampoco Alexander. La única que parece relajada es Nicosia. La anciana parece estar disfrutando de un viaje de placer. Suele decir: «Este viaje la otra vez lo hice a pie, mira qué bien que voy ahora, mucho más descansada a pesar de ser mucho más vieja».

Sonríe a Nilda y dice en voz alta, casi a gritos:

—Nilda, yo también era muy guapa, las sacerdotisas de Micenas se eligen entre las más guapas de la ciudad…, pero no nos podíamos casar.

—Yo no voy a ser sacerdotisa, me quiero casar. —Se ríe por fin Nilda—. No me llevarás al templo de Micenas.

—Al final va a resultar que la celta es presumida —vuelve a reír Nicosia, que está de buen humor y se lo contagia a todo el barco—. Creo que se casará con un yunque —sentencia la vieja griega.

Nilda, de buen humor, añade:

—Seguro que me entenderé mejor.

En ese momento interviene Adara:

—Nilda, vamos a comer.

Esta se queda dudando y le dice a Persio:

—¿Quieres comer con nosotros?

Pero el etrusco, consciente de que la familia no está plenamente cómoda, prefiere declinar la invitación y contesta:

—He quedado con la tripulación en que les voy a enseñar a comer el pescado como se hace en mi tierra, pero la próxima vez os acompañaré. Gracias, Adara.

Desviando la mirada a ambos lados del barco, se ve por la línea donde se junta el cielo y el mar decenas al menos de galeras de guerras y también muchos barcos mercantes. Hay también otros navíos que van en contra dirección, creando con la perspectiva una sensación como si se fueran a chocar unos con otros. Son todos barcos civiles, mercantes que se dirigen seguramente a Sherden o Tarsis o a las islas que hay entre ellas. Imhotep ya le había contado a Nilda que las rutas estaban muy transitadas, pero la chica no esperaba este nivel de movimiento. Alexander también le había dicho que, junto a los mercantes, había también barcos enteros de familias que viajaban al este para poder iniciar una nueva vida allí, donde parece que están las riquezas. De Sherden (Cerdeña) había barcos enteros de mujeres y niños de los guerreros que habían embarcado en las galeras y los acompañaban con sus pertenencias. Son auténticas migraciones, oleadas por mar, al igual que la familia de Nilda llegó en oleadas por la tierra desde el norte del continente.

Las horas pasan rápidas en el barco, pronto se hace la noche, la tripulación debe de conocer bien las estrellas a la hora de guiarse. Si el cielo está encapotado, procura mantener el timón en la misma posición hasta el amanecer. Pero el viento, a veces cambiante, y las corrientes desviaban la nave ligeramente por la noche y por la mañana; hay que rectificar el curso. Los marinos conocen bien la ruta, pero el mar no tiene caminos marcados como la tierra.

Nicosia se despierta al amanecer como si una pesadilla la advirtiese. Levanta a los demás con su mal presagio. El rumbo del barco se ha modificado levemente durante la noche, y, por la mañana, aparentemente, están algo más al sur de lo esperado, de manera que casualmente se sitúan cerca de una pequeña flotilla de mercantes micénicos. Al tiempo, se divisa por babor una galera lukka (sur de Anatolia), de las que también habían salido de Sherden. El rumbo de la galera es extraño, ya que se dirige directo a ellos, como si hubiesen realizado algún tipo de maniobra perpendicular a la trayectoria que llevaban y así, con la proa de la galera orientada de esa forma, pronto cunde el pánico en el barco donde viajan Nilda y los demás. La tripulación empieza remar y la chica, alarmada, pregunta qué ocurre.

—¡¡Piratas!! —clama uno de los marineros—. Son lukka.

—Pero estaban en el puerto como nosotros —grita Adara.

—En el mar no respetan las treguas comerciales, son depredadores —habla otro marinero al tiempo que rema con todas sus fuerzas.

Nilda se une a los remeros, al igual que Alexander. Persio se asoma por la borda, tiene los ojos entrecerrados, pero no está alarmado. No se suma a los remeros, aunque sabe que el esfuerzo es en vano.

Los otros mercantes también se han percatado y huyen lo más deprisa posible. La galera se les echa encima, en la proa está su jefe, Marluk. Aquel acerca del que los egipcios hablaban de matarlo en tierra. El barco de guerra lukka es más grande y tiene sus piratas dispuestos al abordaje. Sus arqueros tensan los arcos. Entonces, Persio ondea una bandera de la coalición, esperando frenar el ataque. Marluk se percata y, con un gesto de su mano, los piratas bajan los arcos. La galera se coloca al lado del mercante y navegan a la par. Persio grita:

—¡Volved a la formación! ¿Qué hacéis?, ¡¡esto no está en las órdenes!!

—Es un asunto privado de los lukka, no de la coalición. No tienes autoridad sobre esta maniobra. Tú dedícate a tu misión. Aún no estamos en Micenas —le espeta Marluk.

Persio aguanta la mirada del pirata, sabe que nada está en sus manos, menos aquí y ahora sin soldados teresh ni sherdens. Estos, aunque no tienen amistad con los otros, al menos son soldados profesionales que se ajustan a los planes y respetan la autoridad, pero los piratas no están dispuestos a renunciar a lo suyo, menos de un oficial etrusco. Bastante han hecho cancelando el ataque a su navío civil. Persio siente una ola de rabia que debe contener.

La galera maniobra y se dirige hacia uno de los otros mercantes griegos. Este intenta huir, pero, de igual manera, en poco tiempo, es alcanzado. Se oyen los gritos de terror de la tripulación del barco comerciante. Se sabe perdido. Una salva de flechas cae sobre la cubierta. La galera se aproxima y aborda al mercante, que lucha como puede. Enseguida los gritos y súplicas se apagan. No hay auxilio posible en la soledad del mar. Los vencidos son pasados a cuchillos o arrojados al agua, sin importar su edad o género. Mueren todos. No hay supervivientes. Si el asalto hubiese sido en tierra, habrían dejado algunos con vida que tendrían la opción de unirse a ellos, a su servicio, o ser ejecutados. Esta es una de las razones por la cuales la coalición es cada vez más numerosa. Marluk y sus hombres trasladan las mercancías a su barco. El mercante griego ha sido incendiado. Ha sido solo un instante, pero, de aquello que fue un mercante con personas, proyectos e ilusiones, no queda nada. La galera no tenía necesidad de haberlo hecho. Lo ha hecho porque podía hacerlo. Es para este grupo de personas algo tan cotidiano que se ha convertido en su profesión.

Desde el otro barco, Nilda asiste impotente a la escena junto con el resto de la tripulación. Persio tiene una mirada dura y a la vez atónita, silenciosa y profunda; sería imposible adivinar sus pensamientos. Una mirada mezcla de indignación contenida, como el que asiste a algo que sabía inevitable. Los ojos de él se cruzan, Nilda tiene lágrimas en los ojos y mira a Persio sin entender lo que ha pasado.

—¿Es esto lo que nos espera?, ¿es esto a lo que os dedicáis? —le grita la chica furiosa.

Ya no hablará más con él en el viaje. Persio no dice nada, es un soldado acostumbrado a respetar las órdenes. El resto de la tripulación está horrorizada, pero saben bien que, de no llevar al etrusco a bordo, ellos hubiesen sido abordados.

Durante el resto del viaje hasta Shekelesh (Sicilia), el ambiente es de tensa calma. Cada uno hace su labor e impera el miedo a lo desconocido. De aquella comida prometida con Persio no se vuelve a hablar. La tripulación conduce la navegación, que para eso han cobrado, y los comerciantes, en el fondo, se arrepienten de haber salido de Tarsis. Nilda echa de menos su hogar. Los únicos que parecen estar bien situados son Nicosia y Persio, cada uno por razones distintas. Ahora miran a Persio con más temor que otra cosa. Llevarlo a bordo puede evitar problemas con los piratas lukka, pero él no es de los nuestros. Provocarle tampoco parece buena idea, y cualquier percance que le sucediese podría tomarse como un ataque a la coalición.

Aunque, en realidad, la mayor parte de los barcos están aquí por razones comerciales, a nadie en los últimos años se le escapa que las islas del mar y sus aliados están en guerra, más o menos declarada contra las superpotencias: Micenas, el Imperio hitita y Egipto. Pero Micenas está tan asolada por el hambre y las revoluciones internas que algunas ciudades que fueron inicialmente atacadas por sherdens (Cerdeña), shekelesh (Sicilia), teresh y lukka apenas pudieron defenderse. Después de eso, la coalición consiguió que muchas ciudades se alineasen con ellos, poniendo a sus flotas y ejércitos de su lado. Los hititas tienen las ciudades más poderosas y otras ricas son aliadas o vasallas como Troya y Ugarit. Egipto es inmensamente rico, pero, curiosamente, al igual que los hititas, el núcleo fuerte de sus ejércitos son terrestres, con miles de carros y aurigas y arqueros. Las flotas de las islas, ahora reforzadas por las regiones rebeldes micénicas, mantienen su hegemonía en el mar. Este mundo de agua es suyo. Estas rutas de comercio internacionales son suyas. Desde aquí, surgen el verdadero poder y la auténtica amenaza a la estabilidad internacional y comercial. Ahora, agravada con la sequía, el hambre y los terremotos asolando la costa de Levante, la situación está en un punto crítico. Imhotep ya lo sabía cuando le permitió a Nilda ir.

La tripulación entera preferiría seguir sin detenerse en Shekelesh, pero necesitan aprovisionarse y reparar un poco la base del casco por debajo de la línea de flotación. Su destino debería ser la ruta Micenas, Ugarit, Egipto y volver a Tarsis, pero a estas alturas nadie se atreve a planear el futuro.

Pasan las jornadas, en esta vida de océano, muchos mercantes procuran navegar juntos por si aparecen de nuevo los piratas. En algunas ocasiones, se han divisado velas de galeras, pero son sherdens. De cualquier manera, nadie se siente a salvo en el mar. En el barco de Nilda, se está acabando el pescado en salazón, pero queda bastante pan e intentan pescar cuando el viento amaina. Las últimas noches ha llovido, lo cual es una bendición, a pesar de las incomodidades que pueda producir; se acercan a su próxima parada. Tras la lluvia viene un día de niebla cerrada, los marinos intentan mantener los timones fijos, pero, hasta que no despeje y las estrellas les den más información, no sabrán si tienen que modificar el rumbo. Navegan lejos de la costa. Tras el ataque pirata intentaron, al igual que muchos otros barcos, avanzar cerca de la costa etrusca, pero, ahora, para alcanzar la isla, se hace imprescindible la separación y se abandona la navegación por cabotaje. Por la mañana del siguiente día, la niebla se ha disipado. Se acercan al puerto que se divisa en la distancia, pero, antes de entrar, varios barcos shekelesh, formando en línea, regulan el paso para que el acceso sea ordenado. La visión es impresionante, ahora hay incluso más galeras de guerra que en Sherden (Cerdeña), muchas con el mismo símbolo en las naves de la bandera que enarboló Persio ante la galera de Marluk, el emblema de la coalición. Esperan al menos medio día, hasta que finalmente les permiten el paso al puerto y atracan. Esta vez, los ánimos no están tan eufóricos como en la otra parada. A Nilda y la familia que le acompañan le gustaría que fuera una parada breve. Las reparaciones no son importantes y, además, tienen poca mercancía que vender. Nilda piensa que podría fundir chatarra como la otra vez, pero siente que debe ser prudente y no mostrar sus habilidades. Todos están asombrados del despliegue militar. Pasarán estos días vendiendo telas, y Alexander alquilando sus habilidades de carpintería en el puerto. Nicosia y Nilda dedican bastante tiempo en los acantilados disfrutando de otra pequeña dosis de paz.

Persio entra en la fortaleza. Allí están los reyes y jefes de la coalición, entre ellos Piras, el líder de la coalición, y Marluk jefe de los lukka, ya que en su tierra no hay rey ni una estructura política bien definida, al fin y al cabo, son piratas del mar. La reunión se extiende durante la noche.

—¿Cómo se supone que los cogeremos por sorpresa si nosotros mismos asaltamos los mismos mercantes que viajan con nosotros? ¿Es que acaso son idiotas los hititas? ¿Es que acaso alguien cree que los egipcios no tienen espías? ¿Qué pensarán los micénicos y los minoicos que aún no están con nosotros cuando sepan que atacamos sus propios barcos? ¡Algunos de esos mercantes se han adelantado y han puesto rumbo a Grecia! —grita Persio al grupo de representantes de las otras naciones que se sientan alrededor de una mesa.

—No es el hecho de que los ataquemos. Lo importante aquí es cómo se van a defender ellos cuando llegue el momento y cómo los atacaremos nosotros. Estas son las cosas que no deben de saber… ¿Qué nos estás pidiendo?, ¿ahora cuestionamos nuestras costumbres? —Marluk, que odia a Persio, lo mira de reojo y pregunta a Piras—. ¿Éramos menos piratas cuando vinisteis a pedir ayuda? Nos llamáis piratas, como hacen todos los pueblos después de utilizar nuestros servicios. Nosotros somos guerreros al servicio del que mejor paga, y no engañamos a nadie. Ahora los hititas nos llaman piratas y resulta que, cuando nos contrataron hace años para luchar contra los egipcios, éramos héroes que luchábamos contra la ambición del faraón. Estamos en la coalición para ganarnos la parte que nos corresponda. Como todos los demás que estáis aquí.

¿A lo mejor ha llegado el momento de preguntaros de qué bando quieres que estemos? —termina Marluk.

Piras sabe que no puede prescindir de Marluk, además comparte en parte su visión. Se levanta de la mesa y añade:

—La guerra real aún no ha llegado, la última vez, muchos de nuestros padres fracasaron. Si no estamos unidos, nos derrotarán, ya sea por riquezas o por necesidad; no tendremos dónde ir. Hasta el momento de las batallas, cada pueblo que compone la coalición es autónomo. Nuestro pueblo, los sherdens, tiene sus raíces en Levante. Nuestros muertos y ancestros eran del continente. Luego viajamos a nuestra isla. Hemos luchado con los egipcios y contra ellos en diferentes momentos. La guardia personal del faraón Ramsés II era sherden y de poco nos sirvió. Tenemos nuestros derechos también sobre la tierra del Nilo, pero aún no ha llegado el día. Cuando hayamos terminado nuestra parada en Micenas, comenzarán las órdenes de la coalición. Ahora concentraos en someter y unir a todas las islas y pueblos hasta llegar a Troya. Allí, todavía, el rey Príamo y su hijo Héctor aún se deben estar riendo de los débiles ataques de los años pasados, y eso fue porque no estábamos unidos. No cometamos el mismo error.

»Los demás pueblos tienen demasiados intereses o necesidades como para abandonar ahora la coalición. Persio sabe que aún no es su momento. Y lo aguarda con ansia por dentro y calma por fuera.

A estas horas de la madrugada, Nicosia y Nilda están volviendo del paseo por los acantilados, la luna llena permite ver la fila de soldados que salen recorriendo las aldeas cercanas al puerto. Ven como sacan de las casas a familias cuyos sus padres o maridos, al parecer, no se han enrolado voluntariamente con los shekelesh. Allí mismo, en la playa, se inmoviliza y ejecutan, a modo de coacción, a un pequeño grupo inicial. De rodillas, sujetos por soldados, mueren los primeros ante las súplicas de sus familias. En algunos casos, incluso sus familias enteras son asesinadas. Tras los primeros, todos los demás aceptan su destino, se embarcarán en galeras y la mayoría de sus familias los seguirán voluntariamente en la flota civil junto con sus pertenencias, rezando para poder establecerse en otra tierra, o al menos volver vivos a su casa. A pesar del impresionante despliegue comercial, el hambre hace que los recursos de la isla no sean suficientes. Aquel que es rico puede quedarse, el que quiere hacerse rico se suma, y al que nada tiene la necesidad lo empuja. A aquellos que nada tienen salvo su oposición a hacer el mal, se les fuerza o se les mata. Nilda, horrorizada, ha visto como la orden de las primeras ejecuciones las ha dado Marluk, cuya influencia se extiende incluso fuera de su patria. El rey de Shekelesh (Sicilia), para demostrar su fidelidad con la alianza, demuestra las medidas que se toman delante del resto de jefes y reyes. A Marluk se le nota en su terreno. Persio también asiste a ello, con asco, aunque la distancia no lo refleja. Nilda lo odia profundamente, no ha hecho nada ante el atropello con una familia inocente. La chica cae de rodillas y empieza a vomitar y llorar. Clava las uñas en el suelo y lo golpea con fuerza e impotencia.

—Los han matado como a los cerdos, a toda la familia. Malditos sean. Haré todo lo que pueda contra ellos —dice Nilda con rabia.

Nicosia le dice a Nilda:

—Chica, el mundo del comercio llega a su fin, vendrá una época de oscuridad. Los pueblos olvidarán que escribían, que construían y que aprendían, la guerra viene y trae el apocalipsis, y, ahora, estos días es la transición, cuando la luz se empieza a pagar. Yo voy a Micenas a morir, pero tú debes vivir y volver a tu tierra y contar lo que vas a ver estos años y enseñar a los jóvenes de tu pueblo cómo no se debe vivir.

La anciana se queda mirando el horizonte como si estuviera en trance y finalmente le dice:

—Nilda, no todo es como ven tus ojos, algunas veces las cosas horribles tienen que suceder por algún motivo, lo entenderás en su momento… Volvamos con los demás.

Por la noche, la chica tiene pesadillas. En pocos días parece que se le ha echado encima la madurez y que cualquier resquicio de adolescencia ha desaparecido por completo. ¡Qué lejos parecen ya quedar las rencillas de su pueblo! Los desprecios de Drusila se le hacen dulces e inocentes comparados con las escenas que ha presenciado, tanto en el abordaje pirata como en el pueblo de la costa. Aunque, pensando bien, al final casi todo es fruto de la envidia y la maldad. Tal vez, ese comportamiento despreciativo de Drusila y la connotación de aires de superioridad no fuesen sino el germen de estas situaciones tan salvajes. Tal vez, piensa Nilda, esto pueda pasar en cualquier sitio, en un pueblo pequeño también si las condiciones, tales como el miedo, la avaricia o las desgracias, favorecen los conflictos de cualquier magnitud. Sin duda, el problema o la solución deben de estar en el alma humana. De igual manera que el metal caliente, cuando se empieza a enfriar demasiado deprisa al salir del horno, los martillazos no pueden moverlo, así mismo cuando a los niños no se les educa en el amor al prójimo y a la vida, de adultos ya poco se puede modificar. Es por eso por lo que está muy agradecido a su padre. A pesar de la maldad que presenciase, ella no se convertiría en alguien así, como Persio o Marluk.

Imhotep siempre le había demostrado cariño en cada gesto del día, según su edad. Ahora ya siendo ella una mujer lo había vuelto a demostrar en el sacrificio de respetar su voluntad a pesar de saber a dónde iba.

El despertar del día tampoco parece ir muy bien. La familia ha preferido que se tomase la mañana libre para relajarse, aunque ella apenas da un pequeño paseo. En uno de los momentos que se aleja un poco, distingue una cara conocida. Le parece increíble, allí, en mitad del puerto de una isla del mar, está Arrio, el griego que comercia con las gentes de su pueblo y de otros vecinos. Se acerca para saludarlo, aunque nunca le ha gustado demasiado. Es el principal proveedor de la familia de Drusila, pero la circunstancia del viaje parece que la obliga a presentarse. Al llegar hasta el griego, Arrio la reconoce al instante y en ese momento repara en dos cosas horribles. La primera: se ha hecho con parte de las pertenencias de las familias que ejecutaron la noche anterior. Ese tipo de comportamiento mezquino no le hubiese sorprendido demasiado, pero, a tenor de lo reciente de los asesinatos, se siente temblar y desfallecer. El otro motivo es aún peor. Arrio conoce bien a Imhotep, un egipcio reconocido. Él no tendría dudas en delatarla a cambio de algo de oro o de mejores condiciones para sus negocios. Exactamente eso lo que piensa el griego. Nilda, así, enferma de asco y miedo, saluda con disimulo y se retira enseguida. Mirando hacia atrás, ve como Arrio se acerca a unos piratas lukka y señala en esa dirección. Nilda corre por el puerto, los soldados detrás de ella también. El mezquino mercader mira en la distancia seguro del resultado final mientras la chica tropieza varias veces. Tiene a los piratas casi en sus talones, la multitud de compradores y vendedores es tan grande que es difícil no chocar con nadie, rueda un tonel de aceite por el suelo desequilibrado por la huida. Nilda corre atolondrada y se cae encima de unas mesas de ropa y perfume. Los comerciantes responden airados, gesticulados y maldiciendo en… un idioma que no es griego. Un idioma que entiende perfectamente. Ha tropezado con el puesto de los egipcios. La chica reacciona rápido y habla en egipcio.

—Los lukka me quieren matar por ser egipcia, tengo el sello de protección del faraón —explica, respirando sofocada, guareciéndose en el grupo. No enseña el sello y está totalmente segura de que los egipcios no son comerciantes sino espías.

—Es cierto —dice uno de ellos—, coincidimos con ella en Sherden.

—Nos han informado que es hija de un egipcio.

Ve que los soldados lukka se han detenido. Tienen órdenes de no crear más altercados. Los egipcios miran como si las complicaciones se fueran multiplicando.

—No te puedes quedar con nosotros, aquí estarás en peligro antes o después.

—Dentro de dos días mi barco zarpa, pero temo que los piratas lo aborden, dejadme estar aquí, por favor.

Los egipcios deliberan y al final le dicen a chica:

—Nuestra próxima parada es Alesiya, te podemos dejar allí, nuestro compañero dice que dominas el metal, así que podrás buscarte la vida allí, y si eres buena en tu trabajo incluso tendrás un sitio en las fraguas del faraón. Será la mejor forma de ayudar contra estos piratas. No le enseñes a nadie tu anillo, te matarán si saben que lo tienes.

El resto de la jornada lo pasa como una vendedora del puesto, los lukka parece que la han dejado en paz. Arrio la mira de reojo en la distancia, ahora sabe que, si la celta no muere y alguna vez regresa a su tierra, él no podrá pasar por su aldea. Arrio ha elegido bando.

—Tenías razón, anciana, estaba en peligro —dice Alexander a Nicosia después de ver a la chica en el puesto—. Uno de su pueblo está aquí y la ha denunciado, sabe que su padre fue un embajador de Egipto.

Nicosia se acerca al puesto como si fuese a comprar. Saluda con cariño a la chica y hablan un buen rato.

—Mañana nos vamos. Ya no te volveré a ver, me alegro de haberte conocido. Me recuerdas tanto a mí. A ellos los volverás a ver, y cosas terribles pasarán, pero sé que tú asumirás tu papel. Vete en paz, que Astarté te guíe. Tu padre tiene razón, damos distintos nombres a lo mismo. Yo ahora vuelvo al templo, me queda poco tiempo, pero esto estaba escrito.

La anciana abraza a la chica y sin decir nada más se aleja.

El resto de la familia también pasa a despedirse, les da pena, pero saben que llevar a Nilda es un peligro para todos, incluso para ella.

Los días pasan, los barcos zarpan. Un día, la familia tartesia, junto a otros barcos, leva anclas hacia Micenas, allí Alexander tiene mucho trabajo en los astilleros de las islas donde la coalición está construyendo una gigantesca flota. Otro día ve a Persio con un grupo de lo que parecen comerciantes griegos partir para Egipto. Sin duda a completar su trabajo de espía. Nilda no tiene dudas a estas alturas del trabajo de Persio. Siente que en el fondo no es malo, pero que en este mundo cada uno que está en un bando debe de cumplir, tal vez él no tenga otra opción. Nilda otra vez no sabe qué pensar, a veces le parece un buen hombre, a veces no entiende su falta de intervención.

«Acaso Persio, tal vez… Sí, seguramente…, no tenga más alternativa que trabajar para la coalición o es todo un engaño. Triste empleo el de trabajar para la guerra», piensa.

El tiempo de espera se hace insoportable para Nilda hasta que por fin zarpan de nuevo, rumbo a Alesiya (Chipre), sin un propósito claro. Debe ser la única persona en esta aventura marina que no sabe su verdadero rumbo. Los pueblos del mar se dirigen a Micenas a terminar lo poco que queda tras las revueltas internas y sus ataques, el hambre y el abandono general de las ciudades. Los espías también saben a lo que van, incluso los mercaderes y artesanos conocen bien que las riquezas están en estos puertos, pero ella no lo sabe, salvo, tal vez, lo que mejor domina en este mundo, hacer, fundir y forjar metales. Alesiya es el paraíso del cobre y de la metalurgia en general.

IV. BANDOS Y CORTES

> «En la tierra de Ugarit hay hambruna severa. Puede, mi señor, salvar la tierra de Ugarit y puede mi rey dar grano para salvar mi vida y la vida de los ciudadanos de Ugarit».
>
> Carta del rey de Ugarit al faraón Merneptah.
> S. XII a. C.

Piras se acerca a su barco, un pasillo formado por soldados y generales de su coalición se extiende a ambos lados. Tienen sus espadas levantadas cuando el líder atraviesa la pasarela y, desde su buque, repite también el gesto, al tiempo que un grito de guerra entonado por cuarenta mil gargantas atruena el puerto con un sonido que atemorizaría al guerrero más templado. Tiemblan también los pocos mercaderes que no se unen a los vítores ni a las llamadas a las armas. La comitiva egipcia hace días que ha salido. También hay pequeños comerciantes honrados que temen que las rutas se vuelvan inseguras, y los puertos, campos de batalla. Muchos han optado por ese modo de vida; sin tierras ni ganado, el comercio lo es todo para ellos y sus familias. Los artesanos se preguntan si esto son nuevas oportunidades para el trabajo o el final de su profesión. ¿Vendrán nuevos tiempos? ¿Regulará el mundo una coalición donde hasta los piratas tienen su reconocimiento? El griterío continúa, la población está ebria de guerra, revancha, avaricia o necesidad.

La flota de la coalición por fin empieza a partir de Shekelesh (Sicilia), soltando las sogas, subiendo las anclas de piedra y las velas a todo trapo, hinchándose con una curvatura que amenaza con romper el mástil. Los barcos pronto comienzan a adoptar la formación de viaje. Los buques esta vez no son como en el primer ataque a Egipto. Ahora son verdaderas galeras de guerra, con remeros que, en el caso de los barcos mayores, son de doble fila y disponen de torretas tanto en la proa como en la popa, desde donde se apostan los soldados con jabalinas. Los armeros griegos y algunos micénicos trabajan a destajo en su construcción, inspirados en sus propias galeras de guerra. Estos nuevos buques no tienen nada que envidiar a las flotas de Ugarit o Alesiya. No son como los antiguos barcos, que eran poco más que balsas, con los que se enfrentó a Merneptah. La coalición ha aprendido una gran lección de aquella catástrofe ocurrida hace veinte años. Esta mañana parece que hasta la naturaleza está de su lado, buena brisa y pequeños cúmulos de nubes de buen tiempo en el horizonte. La marea de barcos se dirige a Micenas en primer lugar; luego, en función de cómo se desarrollen las cosas, se dirigirá el ataque hacia el interior de Levante, y, finalmente, a Egipto. Los pueblos de la coalición lo consideran su destino final. Rico y próspero, una buena tierra donde comenzar. Pero antes deben de esperar los informes de Persio, el estado de organización de los enemigos y si estos están dispuestos a aliarse entre ellos. El informador inició su viaje antes, y, en el principio de la primavera, deberían de estar listos, o suspenderlo. Durante el invierno, si todo va bien, se dedicarán a reclutar soldados y naves, tanto construidas recientemente para la causa como las que se sumen a la acción.

La visión impresiona, las galeras de la coalición marchan a buen ritmo hacia el este. Nadie podría interponerse en su camino. Detrás de ellos, otra flota civil más pequeña los acompaña; familias, fundamentalmente, navegan con la esperanza de una tierra mejor donde vivir. La mayoría han crecido a la sombra de los mitos de riquezas de aquellas tierras del Este, donde los niños se crían entre jardines de árboles frutales, las mujeres compran bellos vestidos y perfumes de sitios lejanos, y los hombres tienen las mejores armaduras, espadas y cervezas para contar relatos épicos en las tierras de Babel de los mil idiomas. La costa este de ese mar conecta los misterios de oriente y sus leyendas con estos pueblos guerreros del mar. Después de tanto desastre, las familias de aquellos a quien acompañan se ilusionan con la aventura y se preguntan dónde van a terminar viviendo cuando esto acabe.

Piras, subido a lo más alto de la proa, encabeza la expedición a Grecia. Mira a su espalda y piensa: «¿Quién se puede oponer a esto?». Sus navíos son imponentes; sus remeros, cautivos de guerra que serán liberados a cambio de su lealtad, baten con rabia el agua. Rabia de la derrota, pero también de la segunda oportunidad y la promesa de riquezas en sus conquistas. Al fin, su flota soñada, su número es increíble. No necesitan carros y aurigas que ocupan espacio en los barcos y no asaltan murallas. El aire le golpea en cara, y se recrea en estos momentos. Lo que su padre no pudo, él está a punto de conquistar. La mayoría de sus guerreros sherden lo han seguido en su aventura y casi nadie en su isla se ha mantenido fiel a la realeza. Con él, todas las naciones del mar, también los lukka y casi todos los griegos.

Piras disfruta de las olas y el viaje. Su odio se torna poder. Pura y desmedida ambición. Sueña con arrasar los palacios hititas y ver a Egipto suplicar. Siente la imagen del faraón arrodillado y la disfruta. Rey de las naciones. Temido en todas las naciones. Unos delfines saltan al lado de su galera como si supiesen quién lleva la voz cantante entre los humanos.

El jefe de los micénicos, Néstor, conduce sus naves justo detrás de Piras, y se pregunta cómo se ha llegado a esto, y también se pregunta cómo se argumenta ante sus compatriotas, muchos de los cuales son fieles a sus antiguos reyes, y que no aceptaran el mando de un extranjero, que ha llegado el momento de plegar velas y abrir los ojos. Ellos, descendientes de dioses, famosos por su delicadeza en el trabajo del oro y las piedras preciosas; ellos, que ya eran la potencia hegemónica hace cientos de años, doblegados y condenados a elegir entre pobreza, hambre, levantamientos de las masas y el ataque de los dorios, o la guerra a los hititas y sus riquezas.

«Volver a ser temidos y admirados», reflexiona, en el secreto guardado de su mente... Primero, acabar con esos demonios hititas y luego, cuando se hayan librado del acoso de los dorios y sus incursiones por el norte, se revolverá contra estos brutos y piratas. Pero, antes, lo primero que se ha de hacer es convencer a los micénicos y demás griegos. Sabe que muchos de los suyos, especialmente en su ciudad natal, lo consideran un traidor... ¿Cómo convencerlos...? Aquellos griegos más al sur no tienen tanta urgencia. Siempre han sido ricos y aún albergan esperanzas de que los buenos tiempos vuelvan; sin embargo, en las tierras del norte bien entrado el continente, la presión de las incursiones de los bárbaros y el hambre han hecho ya todo el trabajo... «¿Cómo convencer a los puertos del sur...?», sigue pensando el griego con preocupación que sabe, haciendo un ejercicio de sinceridad, que esta aventura no es digna. Más si cabe cuando conoce bien que las rutas comerciales están todavía abiertas y bien transitadas..., especialmente con Egipto y Alesiya. Las rutas de las que vive todo el Este.

En uno de los flancos, avanzan las naves de los Lukka, Marluk y sus hombres se han jurado hasta la muerte, por primera vez en mucho tiempo, con esta causa. Cansado de sentir la presión y persecución de las poderosas ciudades de la costa este, espera con paciencia caer sobre ellas y apoderarse de sus riquezas. Anoche ya conocieron los últimos conatos de resistencia en la isla, cómo se las gastan él y sus hombres. Tras las matanzas y desmanes, no corre ningún remordimiento por sus cabezas. Parece que, sin una dosis de violencia desatada, por sus venas no correría la vida. Ahora, viento en popa a la guerra y el fuego.

El océano ruge y hasta Poseidón les temería.

Lejos, al sur, en el rico estado de Egipto, una embarcación con uno de los grupos de espías que la corte lleva mandando periódicamente amarra en el puerto. Casi sin mediar palabra, entrega un papiro a un correo que cabalga sin descanso. El grupo de soldados disfrazados de comerciantes pide ayuda para descargar las mercancías. Uno de los oficiales de alto rango del puerto pregunta extraoficialmente:

—¿Qué sabéis, hermanos? ¿Qué se mueve?

—Son más que la otra vez, hay pelesets, shekelesh, micénicos, griegos, lukka y todo lo que se les aliste. Habrá guerra, tal vez no podamos con esto.

El oficial de piel oscura mira con seriedad el horizonte y dice:

—El faraón acaba de ascender al trono, los dioses nos ayuden y le aconsejen, en unos días mandaremos correos a los hititas. Han mandado barcos a Alesiya. Su rey no se ha posicionado, sigue comerciando con los micénicos que tienen la mitad de la isla tomada. Los hititas lo destituirán. Si su imperio no aguanta a esos pueblos venidos del mar, los siguientes seremos nosotros. El nuevo faraón ha enviado barcos con ayuda a algunas de sus ciudades que pasan hambre. Esperemos que sus cosechas sean mejores el próximo año. Un pueblo hambriento lucha mal, o lucha incluso contra sí mismo.

El caballo del correo prácticamente vuela y entrega el informe al siguiente relevo tras algo menos de medio día, el calor en esta época de verano es abrasador. La mayoría de las tareas se intentan realizar antes de la salida del sol, pero estas obligaciones de palacio no se pueden demorar. Por las tierras que cabalga casi no se ve a nadie, a estas horas el pueblo para a descansar. Los caballos no pueden aguantar ese ritmo durante mucho tiempo y los relevos son frecuentes. Unas casetas a modo de estancias con establos se distribuyen por todo el recorrido desde el puerto al palacio en Pi Ramsés. La ciudad está a orillas de uno de los brazos del Nilo. El mensajero pasa veloz a través de las poblaciones a medida que se acerca a la capital y deja a su lado las mansiones colindantes con el río. Las gigantescas estatuas de Ramsés II y la visión de los grandes lagos le hacen sentir pequeño al mensajero que se conduce por una tierra de monumentos que no parecen hechos sino por seres más poderosos que los humanos. Después de pasar por varios jinetes, recibe el último turno, un joven soldado al que hoy le toca disfrutar del turno de la noche. Así, corriendo paralelo al Nilo, se acerca al imponente palacio donde se encuentra el faraón. Se baja del caballo y, enseñando la marca que le acredita como mensajero, entrega el pergamino al secretario en una estancia junto a la entrada. Dos enormes estatuas de Anubis con forma de guardián marcan la puerta de entrada al palacio. Sin abrirlo, recorre largos pasillos y salas alumbradas con teas, donde quedan las caras de los dioses egipcios iluminadas por las luces del fuego, produciendo unas sombras que crean un efecto buscado de misterio y solemnidad a aquel que entra desde el exterior. El secretario se hace abrir paso por las puertas custodiadas por soldados en cada habitación hasta que, finalmente, inclinándose con una reverencia, se presenta ante el nuevo faraón. Ramsés III.

—Señor, correo de nuestros informadores en Alesiya (Chipre).

Ramsés desenrolla el papiro y lo lee con detenimiento. Es el informe de los últimos meses sobre los movimientos de la coalición. Se queda pensativo al acabar y, con un gesto alargando el brazo, se lo devuelve al secretario, que lo guarda con otros parecidos en una repisa.

—¿De nuestro hombre sabemos algo? —la pregunta carece de sentido, pues ambos egipcios saben que el faraón es el primero en ser informado.

—Aún no ha mandado nada. Sin embargo, el grupo de Alesiya ha oído rumores de que la coalición está construyendo barcos en las islas griegas, y se disponen a atacar las ciudades de la costa y desde allí penetrar hasta el reino de los hititas. Así mismo, se han producido algunas revueltas tanto en Micenas como en Ugarit y sus ciudades adyacentes —termina el secretario con la cabeza todavía inclinada

—¿La ayuda ha sido enviada? —pregunta el faraón.

—Como ordenaste, pescado en salazón, grano de cereal, telas y oro. Se embarcó hace días en los barcos. Llegarán a Ugarit en unas semanas si el tiempo es bueno y los dioses lo permiten —contesta el secretario.

—¿Cuál es el estado de la nueva flota? —sigue preguntando el faraón.

—Señor, sigue a buen ritmo, a diario llegan maderas. Tal vez serían deseables más carpinteros. Muchos de otras naciones están trabajando para la construcción de la flota de la coalición.

—Encargaros de ello. —Después de una pausa, el faraón continúa—: ¿Cómo está la situación en Mejido y Amurru?

—Señor, en la frontera se siguen reclutando soldados. De momento, no ha habido altercados. Se ha podido pagar puntualmente a todo el ejército con oro y grano. Los dioses han proporcionado a nuestras tierras el rico Nilo. La hambruna no nos ha afectado, las cosechas son buenas y los almacenes están repletos.

Se oyen los pasos de un emisario que se detiene ante la última estancia tras los guardias. El secretario, sin dar la espalda al faraón, se acerca y recoge el mensaje. Es un mensajero hitita. Se le permite el acceso a la sala. El secretario y el mensajero se aproximan al faraón. Vuelven a hacer una reverencia y el soldado hitita entrega el mensaje al secretario al tiempo que dice:

—De mi señor, el rey Suppilumina II.

El faraón lo desenrolla y otra vez lo lee despacio y con detenimiento. Se queda pensativo y ordena:

—Secretario, por la mañana reúna a mi escriba y mi consejero. Entreguen la respuesta al mensajero para que su señor tenga rápida contestación. Retírense.

El secretario y el mensajero hitita con una nueva reverencia se retiran saliendo por la misma puerta mientras el faraón mira la luna llena que ilumina su tierra. La temperatura de la noche es el mejor calmante para las preocupaciones de la mente. En este imperio de leyenda, el faraón es un dios para su pueblo, pero en su interior siente el aguijón del temor, tan humano o más que aquellos soldados que, formando en primera línea de batalla, saben que se enfrentan a la muerte.

«¿Es suficientemente poderosa y rica mi tierra para enfrentarse a esto?», piensa Ramsés mientras se dirige a sus aposentos esperando encontrar en el sueño un buen consejo para contestar por la mañana.

El sol está empezando a salir por el horizonte, dispuesto a abrasar la tierra un día más. Pi Ramsés, con sus lagos y canales recorriendo la ciudad, es tal vez menos tórrida que Menfis, al sur; sin embargo, no es por esa razón que ahora el faraón ha trasladado allí su corte. El verdadero motivo es dirigir mejor la política y atender con más rapidez las valijas diplomáticas que portan sus mensajeros. En esta época convulsa, la velocidad de respuesta es fundamental.

—Suppilumina, rey de los hititas, nos avisa de que diferentes flotas están llegando a Alesiya y también de que están incorporando miles de guerreros a las filas de nuestros enemigos. Nos propone una alianza para defender Alesiya y prevenir ataques de la coalición. A cambio, ellos nos ayudarán en caso de que nuestras ciudades de la frontera con los hititas sean atacadas así como toda la costa cananea —expone el faraón, que sigue mirando en la misma dirección que la noche anterior.

—El país está empezando a recuperarse, nuestro comercio está muy fuerte, a través de las rutas, hemos obtenido muy buenos beneficios con los productos llegados del país del Punt. Las clases más ricas de todas las naciones los demandan mucho. Así mismo, nuestras reservas de oro de Nubia han aumentado. El hambre no ha llegado aquí y el caos en el Gobierno que hemos vivido se ha terminado. La guerra civil ya pasó. Un aporte pequeño de nuestros ejércitos y recursos no podría tener éxito frente a tales fuerzas y piratas. Si esta coalición es capaz de vencer a los micénicos y a los hititas, entonces vendrán a por nuestra tierra y entonces todo lo que tengamos lo tendremos que poner. Tal vez, Señor, es mejor para nuestro país y su pueblo esperar a ver cómo se desarrollan los acontecimientos y quizás estos pueblos venidos del mar se debiliten con las luchas contra Hatti y Micenas —termina el visir.

—¿Qué pasará con nuestras ciudades de la costa de Levante? y ¿qué pasará con las rutas comerciales? —reflexiona Ramsés.

—Esas ciudades no son el corazón de nuestra tierra. Mejor perderlas que ver Tebas y Menfis arrasadas. Además, antes que ellas están las ciudades aliadas de Hatti, como una Ugarit y su potente flota. Es mejor ver qué sucede con ellas. Nuestro grueso del ejército es terrestre con carros. Si perdiéramos los barcos, animaremos a nuestros enemigos a invadirnos por el mar. Si nos debilitamos, nuestros vecinos libios nos atacarán para quitarnos nuestros fértiles campos.

—Le contestamos, pues, a Suppilumina que no haremos nada… que él, su reino, esposas y princesas no tienen nada que temer —ironiza el faraón, que dirige una mirada a sus consejeros, que bajan la cabeza.

—Señor, les enviaremos más barcos con comida, armas y oro para que puedan pagar los incrementos de soldados que solicitan, pero mandar a nuestras tropas y barcos nos haría muy vulnerables. Aún no estamos preparados —añade otro de sus consejeros.

—Las rutas llevan cientos de años funcionando incluso con guerras. Es la fuente de la vida para todos los pueblos del mundo. Si los hundiesen los piratas, tampoco sabrían de qué vivir, tendrían que cambiar su forma de vida y asentarse de nuevo. El poder de la riqueza siempre perdurará —vuelve a hablar el visir.

—Ya veremos. Hasta lo más rico y poderoso se puede venir abajo… Visir, encárguese de redactar al escriba las razones de nuestra decisión a Suppilumina. Añada que le enviamos nuevos barcos al pueblo de Ugarit y carromatos a Carchemish.

Mientras, en la costa norte del mar, en Pilos, una de las ciudades griegas que ya ha sufrido ataques y saqueos de piratas, se turnan en los miradores para vigilar el mar de posibles nuevos ataques. Más de ochocientas personas hacen turnos en los diferentes promontorios y pequeños islotes al tiempo que la población intenta vivir como si la vida pudiese transcurrir con normalidad tras tantas desgracias. La cosecha este año no es mejor que la anterior, y los barcos pasan el día pescando o viajando a las ciudades de Levante para ganarse la vida con sus cerámicas. La gente vive en un descontento general, ya que el palacio dispone de todo lo necesario e innecesario mientras que la población circundante carece de casi todo lo imprescindible para vivir. El calor del verano no ayuda, y últimamente ha habido escasez incluso de bronce para armar a la población que vive los días y las noches mirando al mar con angustia. El ataque por mar es previsible, la población vive obsesionada, y muchos han abandonado la ciudad. En las últimas semanas, se han enviado tabletas pidiendo ayuda a otras ciudades micénicas que tampoco están en mejor situación… Por donde se mete el sol, viene el peligro.

La flota que debe defender la ciudad está en la bahía, esta es muy cerrada y la ciudad elevada sobre un escarpado acantilado que parecería inexpugnable con sus murallas, pero ya ha habido incursiones de piratas. Las riquezas del palacio en la acrópolis de la ciudad son famosas por sus frescos y decoración minoica. El vigente wanax, rey de Pylos, se levanta inquieto en el megarón, donde está situada la sala del trono, mientras sus consejeros discuten las alternativas a una guerra ante los rumores sobre la armada, que sus espías en Shekelesh les han informado. El rey no está dispuesto a entregar el trono y, aunque las condiciones no se han discutido, toda hora que la flota no ha llegado, sabe que, estando Néstor implicado, en la coalición, de no aceptar sus condiciones, el conflicto está casi asegurado.

—Deberíamos entablar una negociación sin prisas, no tenemos fuerzas para oponernos mucho tiempo —insiste un consejero del wanax.

—Yo te diré sus condiciones… ¡¡Destierro para la corte y sus familias o la muerte!! El trono pasará a Néstor el conspirador, que fue apartado, el oro para el nuevo rey y para costear los barcos que se están construyendo. El ejército participará con lealtad en la coalición e irán todos a la guerra contra los egipcios, cuyo comercio es esencial para nuestra forma de vida. —Y antes de terminar con voz agria, el wanax añade—: Nos gobernarán traidores y extranjeros.

—Los egipcios están demasiado lejos para ayudar y las otras ciudades griegas están tan asustadas como nosotros u ocupadas luchando en el norte con los pueblos dorios, poco o nada nos pueden ayudar a estas alturas —explica el wanax.

—Solo tenemos dos opciones: unirnos a la coalición perdiendo las relaciones con Egipto, Hatti, Alesiya y las ciudades de Levante o luchar y probablemente morir. —Habla con tristeza uno de los consejeros más ancianos.

—Realmente, hay pocas posibilidades de que no vengan… Esperemos como guerreros —concluye el wanax.

El sol se está metiendo por el mar. Los vigías en los promontorios cercanos y en la isla de Esfacteria, justo enfrente, están alerta con teas listas para encender la señal en caso de peligro. Ahora, estos puestos avanzados no solo los usan la población para el avistamiento de la flota, sino también para fortalecer la defensa de la ciudad. Los que no han huido por el hambre o el miedo han jurado fidelidad a la ciudad. El atardecer es limpio y rojizo, como si el día anunciase el destino de Pylos. Con la última porción del disco solar, se adivina un solo mástil con una vela cuadrada. Al principio, no causa más que cierta curiosidad. Al avanzar la tarde, la amenaza se torna más real. El sol se ha sumergido en el mar, pero la luz aún persiste y aparecen nuevas velas. Al poco, aún más y más. No hay duda de que es una formación que se extiende en horizontal sobre la línea del mar. El miedo se apodera de los vigías que encienden las teas. En cuestión de instantes, la población entra en pánico y muchos se arrepienten de haberse quedado. Algunos lloran en su desesperación y todavía buscan a sus familias para huir. Otros se hacen con las armas y adoptan la formación de combate de esta especie de milicia desorganizada, y así cientos de soldados y arqueros se apostan en las murallas de los promontorios y de la ciudad como si el ataque fuera inminente.

—¡¡¡Sherdens, piratas, lukka…, vienen a miles!!!

—¡¡¡Avisad a las aldeas!!!

—¡¡¡Desplegad la flota, que salgan de la bahía y formen en línea!!!

—¡¡¡Honderos y arqueros, en posición!!!

—¡¡¡Nos juró el wanax que tendríamos ayuda!!! ¿Dónde está?

Todo el mundo da órdenes, a veces contradictorias; el wanax está en estado de *shock*, al igual que muchos de sus compatriotas todavía albergaban la esperanza de que la flota no pasase por su tierra.

Pasan la noche en vela y agotados por los nervios. El amanecer es terrible, los barcos se han aproximado mucho y fondean su primera línea a distancia de flecha de la flota defensora, que ha adoptado forma de línea ligeramente convexa sin llegar a ser media luna.

Avanza la mañana hasta que, por fin, un solo buque de la coalición se acerca a la flota que le permite pasar y amarrar en su puerto. Todos entienden que es un movimiento previo de negociación. Con el barco atracado, por una tabla ancha desembarca una comitiva de solo seis hombres, de ellos solo un griego… Néstor. El grupo es recibido por una guarnición de soldados fuertemente armados que se dirigen a Néstor sin saludarlo. Este habla primero:

—Llevadnos ante el wanax.

—Dejad primero las armas antes de entrar en el megarón, luego os conduciremos —contestan los guardias.

Los dos grupos ascienden desde el puerto por el camino que conduce a la fortaleza, levantan polvo al andar y el sonido de las armaduras es lo único que rompe el silencio. Ya a esta hora empieza a apretar el calor. Tras la puerta principal, continúan por dentro de la ciudad en dirección al palacio. A ambos lados del camino hay mucha gente, incluidas familias que miran a Néstor con miedo. La tensión es tan grande que nadie se atreve a emitir sonido alguno, la incertidumbre parece que ha terminado de secar las gargantas después de horas de gritos y angustia. El palacio no tiene murallas, su entrada está delimitada por unos muros revestidos de setos que conducen a un patio amplio de forma rectangular que está delimitado por cuatro columnas con inscripciones de la historia de la ciudad. Los hombres siguen avanzando y entran en un vestíbulo interior con un techo alto. Finalmente, entran en el megarón, impresionantemente decorado con fresco y colores, estatuas de mármol y máscaras de oro.

En el trono, sentado con aparente tranquilidad está el wanax, que, haciendo un esfuerzo de templanza, mantiene su vista en Néstor.

—No sois bienvenidos aquí, coge tus naves y vete de nuestra ciudad, que ya no es la tuya, traidor. —le espeta el wanax, seguro de que cualquier cosa que diga no mejorará la situación, pero al menos ese momento de autoridad no se lo robarán.

—No estás en posición de ordenar —dice Néstor con una seguridad sincera—. Esta ciudad no tiene defensa, si yo hubiese sido rey, las cosas no habrían sido así… Estas son las condiciones: tú serás depuesto del trono, podrás morir aquí con honor o abandonar la ciudad, desnudo y descalzo, y ninguna aldea te podrá acoger o será reducida a cenizas; tu familia trabajará como los demás ciudadanos de Pylos y no tendrán privilegios; yo seré coronado wanax y el ejército se unirá a la coalición. Junto con el resto de ciudades micénicas tomaremos Hatti y recuperaremos lo que nos han robado estos años. —Néstor termina—: Podéis tener tentación de asesinarme, pero, si al atardecer no he vuelto, la coalición quemará Pylos, matará a los hombres y cogerá a las mujeres y a los niños como esclavos. —Finalmente, añade—: Si accedes por las buenas, nadie sufrirá daños y la ciudad perdurará.

El wanax esperaba la respuesta. La ciudad aún no está sitiada, puesto que la flota no ha desembarcado y durante la madrugada el rey ordenó a su familia escapar hacia los pueblos más al norte. Él, por su parte, ha preparado su espíritu para la muerte.

—Traidor, no me asustas, dile a tus dueños y tus piratas que aquí hay un pueblo con honor… ¿Puedes tú decir lo mismo?

Néstor se gira y, antes de abandonar la sala del trono, dice:

—Despídete de la vida, anciano, has traído la desgracia a nuestra ciudad.

Bajan otra vez del acantilado por el camino hasta su nave. Antes de embarcar, Néstor grita a la población que, si el wanax se rinde, nadie sufrirá daños y el futuro será mejor. Es un golpe por debajo de la línea de flotación de la moral del pueblo, que está al límite de su resistencia. Néstor siempre ha sido hábil encontrando la ocasión para salirse con la suya.

El barco se aleja y ocupa la formación de la flota atacante. En seguida, se forman grupos de personas que discuten airadamente en corros. Los partidarios de resistir son mayoría al medio día y se disponen a la batalla. Algunos se alejan y son atacados por su mismo ejército, que intenta silenciar las voces discordantes. En seguida, se escuchan unos sonidos de cuernos y los buques de la coalición se acercan, una lluvia de flechas que se cuenta por miles cae sobre los barcos defensores, que en franca inferioridad numérica responden como pueden. Los abordan y, a pesar de que están apoyados por arqueros desde la bahía, varias naves son aplastadas e incendiadas. Otros se rinden pronto. Al desembarcar en oleadas, los defensores luchan con ferocidad durante los primeros momentos para frenarlos en la playa, bajo el acantilado, pero es una empresa imposible. Néstor da órdenes de perdonarles la vida y les da la oportunidad de unirse a la coalición y asaltar el palacio junto a ellos. La situación se torna insólita, y los que antes rugían por defenderse ahora se revuelven y asaltan la ciudad donde se encuentran las tropas más leales. La población siente que esta revuelta interna salvará sus vidas y la de sus familias. La lucha prosigue durante la tarde por el palacio, hasta que el último de los soldados fieles al wanax muere. Entran en tropel al palacio. El rey está en su trono muerto. Él mismo se ha quitado la vida. En una rabia desatada de revancha por el sufrimiento de los últimos meses y por demostrar a la coalición su compromiso, la población de la ciudad empieza a arrasar el palacio. Lo saquean y destruyen. Incendian el palacio de arriba abajo, desde los techos a los cimientos, que hacen que sus paredes se derrumben aplastando el megarón con el cuerpo del rey sepultado. El palacio de Pylos arde como una tea durante dos días. El resto de la ciudad está intacto. Muchos de sus habitantes han muerto, otros han huido y muchos han pasado a formar parte de la coalición. Esa misma tarde, Néstor se proclama rey de Pylos en la playa. Piras está satisfecho. La ciudad se ha tomado casi sin bajas, este ejército de pueblos del mar se ha reforzado. Pylos y su nuevo wanax aportan noventa barcos, contando los nuevos del puerto que se rindieron. Néstor, que roza la ancianidad, es ahora uno de los principales líderes de este ejército y lo impondrá cuando la aventura haya concluido y se repartan los botines y las tierras. Ahora, por el resto de ciudades griegas. Ahora, Micenas.

El terror se sigue extendiendo y las noticias llegan a todas las ciudades griegas antes que las naves enemigas.

V. ALESIYA

> «Mi padre, ahora los barcos del enemigo han venido. ¿Es que no sabe mi padre que toda nuestra infantería y sus carros están estacionados en Hatti y que todos mis barcos están estacionados en la tierra de los lukka? Aún no han vuelto, así que nuestra tierra está indefensa. ¿Puede mi padre estar alerta de esto? Ahora siete barcos del enemigo han estado viniendo y quemando y dañando nuestras tierras; si otros barcos del enemigo aparecen, envíeme un informe para que pueda yo saberlo».
>
> Carta del rey de Ugarit al rey de Alesiya. Casa de Uternu, norte de Siria, S. XII a. C.

Sopla el viento del norte que refresca e hincha la vela cuadrada del pequeño mercante. Nilda, como es costumbre en sus viajes, está en la proa observando el horizonte, ahora rumbo al sur, intentando asimilar todo lo vivido en el poco tiempo que ha pasado desde que dejó su poblado natal. De las dos principales razones para emprender el viaje, una, la de vivir experiencias y aventuras, está ya bien saciada. La otra, conocer lo último en metalurgia, todo indica que en su nuevo destino debería de encontrar lo que busca. La fama precede al lugar.

Alesiya es el reino del cobre. Disputada por griegos, sobre todo micénicos, y por hititas, es el paradigma del comercio sin la intervención de las grandes potencias. Situada en frente de Egipto por su costa sur y de Hatti o sus ciudades vasallas como Ugarit en Levante, tiene un comercio continuo que le permite ser rico y envidiado.

La embarcación navega paralela a la costa en dirección este, sin acercarse demasiado. Hace dos días que avistaron la isla. La tripulación está intentando rodearla en parte por su cara norte. Al final de la tarde del segundo día, los remos timones se orientan al sur dirigiéndose al puerto de Enkomi, la capital.

La compañía egipcia ha temido toda la travesía coincidir con buques micénicos que atracan al oeste de la isla. Aunque tradicionalmente sus relaciones comerciales son fluidas, los griegos podrían acabar siendo abocados a colaborar en una coalición con los pueblos del mar, junto con lukka, le explica el capitán de la compañía egipcia, al tiempo que tuerce el gesto al nombrar a estos últimos.

—Estando en el mar, todo puede pasar, el mercado en el puerto es más seguro. Además, podría haber piratas lukka.

—Lo mejor es posicionarse con Hatti. Los hititas son aliados de Egipto y han reclamado la isla las últimas décadas. El cobre para forjar armas lo importa casi todo de la isla. Las minas del este de Hatti están controladas por los asirios. Perder la Alesiya sería un gran problema para los hititas… y para todos. Nosotros incluso hemos traído cobre y estaño de tu tierra, que está mucho más lejos. Si Alesiya cae en manos de la coalición, la guerra es inevitable. Las rutas comerciales se romperán y, en esta época que en Levante tienen malas cosechas y plagas, romper el comercio es condenarlos al hambre. Hace dos años el rey de Hatti, Suppiluliuma II, derrotó a la flota de Alesiya y, al desembarcar en tierra, hizo lo mismo. Desde entonces, se supone que la isla pertenece a los hititas, pero la verdad que no tiene control real. El único control es el precio de las cosas. Podríamos decir que los micénicos y la coalición se están haciendo con la isla, especialmente en el oeste. —Después de respirar hondo, añade—: Esto no va a salir bien, nosotros estamos para cumplir nuestra misión con nuestra patria, e iremos al oeste de la isla por tierra, a los mercados. Antes de eso, tenemos que hablar con el embajador de Suppiluliuma. Tú te quedarás entonces en Enkomi y buscarás tu camino, chica.

El barco se aproxima y desde la distancia se aprecia que hay un grupo de personas que están esperando. Seguramente, son personal de los palacios de Egipto o Hatti que están esperando noticias. La comunicación es muy rápida y depende de su agilidad para solucionar los problemas que puedan aparecer. Cuando el barco se detiene y Nilda pisa el suelo de la isla, por un momento se siente un poco desconcertada. Con sus diecisiete años recién cumplidos, no tiene muy claro hacia dónde ir ni qué hacer. El comandante egipcio se percata y le dice:

—Tal vez, para ti, sería buena idea que conocieses el centro de metalurgia de Enkomi. Es muy famoso y, si aceptan aprendices, podrías trabajar a cambio de comida y un techo donde dormir, te acompañaré y te presentaré al maestro del metal.

Nilda acepta muy agradecida mientras sigue con su mirada la ciudad. No se parece a lo que ha visto hasta ahora. Ni siquiera en Tarsis ha visto palacios ni templos iguales. La ciudad está fuertemente amurallada con piedras enormes que sus habitantes dicen que solo las han podido colocar cíclopes; son casi iguales que en las ciudades micénicas, le informa su acompañante… Parece ser una ciudad rica con una mezcla de personas y de etnias muy diferentes, las casas tienen forma de sillares, cuadrangulares, están bien labradas y encajan a la perfección. Por todos lados se ven comercios y casas de artesanos allá donde mires. Desde luego, es evidente que el punto fuerte es el negocio del metal, pero también hay objetos de lujo como telas, perfumes, vidrios, ámbar, así como ganado e incluso animales de compañía o trabajo, como gatos, perros y caballos. Mientras camina con el capitán egipcio, la chica oye muy diferentes idiomas, la mayoría no los entiende. También hay algunos letreros en recintos cerrados cuya escritura no ha visto nunca.

—La escritura natural de la tierra parece ser que es algo como alesiya-minoica, la usan también los pelesets (originales de Creta)

—aclara el capitán, al que le resulta cómica la expresión de perplejidad de Nilda.

—Aquí los idiomas más usados son el hitita y el griego. El primero se supone que es el oficial, porque es el que usan en el palacio, aunque, con lo que se escribe la correspondencia con otras naciones, suele ser en acadio grabado en tablillas de arcilla que se cuecen. No usan pergaminos. Pero, en general, puedes escuchar casi todos los idiomas. Los metalúrgicos entienden el egipcio. Gran parte de sus productos, igual que muchas telas, acaban en nuestra tierra.

Nilda sigue mirando admirada lo organizado y moderno que aparenta la ciudad. Tiene dos ejes principales y calles que se cruzan en ángulos rectos. No es al modo de su pueblo, que dispone las casas dispersas sobre el mismo suelo del monte. Y, en general, podría decir que la ciudad es mucho mayor que todo el monte donde se crio.

Finalmente, después de recorrer casi toda la ciudad, llegan al centro de metales. Es una auténtica instalación metalúrgica, un recinto delimitado por muros de piedra cubiertos por plantas trepadoras que nacen en la base. Se distinguen diferentes edificios que, aparentemente cumplen cada uno una función. La chica entra con expectación moviendo la cabeza y el cuello dirigiendo la mirada a todos los rincones. Al traspasar la puerta que está abierta de par en par, el camino deja a la derecha un gran almacén a modo de expositor donde se pueden visitar las piezas de bronce que se forjan para herramientas del campo y de la pesca. A su izquierda, otro almacén más pequeño donde se exponen armas y cuchillos, y también carros de guerra y de transporte, con sus ejes de bronce. Siguiendo el camino está, en la misma orilla que el almacén de guerra, un techo alto y muy alargado a modo de marquesina para protegerse del sol y la lluvia; una fila de hornos donde los metalúrgicos están forjando sin descanso. Nilda ha contado, al menos, veinte hornos de barro, de los cuales la mitad están en ese momento en uso. El egipcio tira suavemente de la manga de la chica, que se para a contemplar el trabajo de los forjadores de bronce. Al fondo del camino, hay una plaza ajardinada donde parece que se reúnen los artesanos a discutir. Hay más edificios al fondo, todos rodeados de plantas. En uno de ellos, parece que se reciben los pedidos y encargos. Hay un cartel en tres idiomas que Nilda entiende solo en egipcio y que reza: «Encargos de bronce y cobre». Y en otro: «Encargos de oro y plata». El comandante egipcio se adelanta y habla con un hombre muy moreno y corpulento que señala a un habitáculo pequeño. En ese momento, de allí sale otro hombre, más mayor, acompañado con tres chicos bastante jóvenes, casi adolescentes, que parecen aprendices.

Nilda y el comandante se acercan y este saluda al hombre mayor, que, a pesar de la edad, tiene los ojos vivos y una mirada de curiosidad y hasta casi de inocencia. Tiene la piel curtida y el pelo castaño con bastantes canas en los laterales de la cabeza. Es el maestro metalúrgico. El egipcio después de saludar explica:

—Esta es Nilda, celta, viene de la tierra de los tartesios. Trabaja los metales y le gustaría ser vuestra aprendiz a cambio de comida y un lugar donde dormir. En Sherden, la vimos trabajar, es buena, dice que la ha enseñado su padre. Imhotep el egipcio.

—Imhotep... —repite el maestro—. Conozco a tu padre, un maestro... Buen hombre y decente también... sí. ¿Y tú eres su hija...? Pues no te pareces en nada —ríe el maestro con buen humor—. No tenemos artesanas aquí. En Egipto, las mujeres son más independientes, pero aquí es muy raro la que prueba esto... —Y pregunta con ironía a los aprendices...—: ¿La dejamos entrar si es tan buena como dicen...?

Los adolescentes sonríen y, al final, uno responde:

—Bueno, no sé si será buena forjando, pero al menos es guapa.

Nilda se sonroja y contesta:

—Con el bronce soy buena, creo. La plata y el oro para adornos he practicado poco, la verdad, y mi padre un día me empezó a enseñar algo con el hierro.

—Uhmm, hierro... Muy bien —dice el maestro—. Esta tarde harás una prueba con estos aprendices, y lo decidiremos. De momento come con nosotros.

El comandante egipcio se despide de Nilda y le dice:

—Adiós, chica, espero que tengas suerte. Si vas al país de tu padre, tal vez nos volvamos a ver.

De alguna manera, esa tarde es especial para ella. Nota que, a pesar de estar recién llegada, la envuelve una atmósfera de paz que le recuerda a su casa. Tal vez fuera el lugar donde se encuentra, o el hecho de que el maestro conoce a su padre, aquí, casi en el otro extremo del mundo. En el fondo, lo que la reconforta es que tuviera la posibilidad de demostrar su arte a personas que también aman esa profesión.

Llega por fin la tarde…

—Muy bien, tenéis cuatro forjas apagadas, un poco de estaño ya liberado del mineral y mucha malaquita. Deberéis hacer unas tenazas de bronce que funcionen bien y sean resistentes, tenéis hasta que el sol se meta…, aunque espero que lo terminéis antes —anunció el maestro.

—A lo mejor la chica puede ser cocinera aprendiz si no supera la prueba… —comenta uno de los chicos con sorna en lenguaje egipcio no muy bueno.

Nilda sonríe con confianza. Más después de ser la primera en obtener el cobre, mezclarlo con el estaño tras haberlo fundido previamente, cosa que sus compañeros no hicieron y, por tanto, su aleación no es tan pura. Disfruta al hacerlo, si ha tenido alguna presión por pasar la prueba y lograr la aprobación del maestro no se ha notado. Después de que el fluido se solidificara en el molde que construyó en madera mientras se fundía la aleación, da una lección de forja y manejo del martillo. Precisa y con velocidad. Fuerte y delicada a la vez… Acaba la primera. Sus tenazas son perfectas y preciosas. Funcionan a la maravilla. Los otros chicos no lo hicieron mal, pero no hay ni por dónde empezar a comparar…

—Ja, ja, ja, ja, ja —ríe el chico que antes había hecho el comentario de la cocina…—. La celta es buena, nos ha dado una lección.

Todos estaban contentos, nadie se lo toma mal. El maestro no está sorprendido.

—Verdaderamente, tu padre es Imhotep… —añade—. Si quieres quedarte, esta será tu casa Nilda.

—Yo me llamo Nebo —dice uno de los chicos que ha participado en la prueba.

—Y yo Melkar —añade otro.

—Ja, ja, ja, ja, ja. Yo Aníbal, tendrás mucho futuro haciendo encargos…, sobre todo de los chicos… —ríe el tercero que hizo el comentario de aprendiz de cocinera. Es moreno y delgado con el pelo castaño y un poco rizado.

Y así Nilda, después de varios meses, consigue llegar a lo que ella piensa que es su destino y hacer unos nuevos amigos.

Pasan los días en las instalaciones de metalurgia y, a última hora de la tarde, le gusta asomarse al puerto y ver meterse el sol por encima de las montañas, y, si había suerte, ver salir la luna por el agua. Desde luego, ese escenario no lo puede ver en su pueblo, muy alejado del mar. Le encanta sentir la brisa por la noche que iba hacia el mar.

Una noche, Nilda está volviendo del puerto a las estancias donde duermen los aprendices después de que las primeras estrellas hayan asomado en el firmamento, cuando ve a Aníbal mirando el mar. Desde el primer momento que lo conoció, siempre le había parecido que estaba alegre y de buen humor. No tiene familia actualmente, en el centro de forja habían trabajado como aprendices a varios huérfanos, muchos de guerras. Nilda se acerca al chico y le dice con naturalidad:

—Hola, Aníbal, qué raro verte esta noche solo y sereno.

—Me gusta venir aquí porque sé que tú vienes también y así coincido contigo fuera del centro —se esfuerza en parecer irónico.

—No es verdad —dice Nilda con tono despreocupado y amistoso.

Aníbal, después de una pequeña pausa de reflexión, responde:

—Tienes razón, no es verdad. —Y sigue—: Vengo con frecuencia sobre todo cuando me siento solo.

El chico acompaña la frase con una mueca de resignación. Tras una nueva pausa explica:

—Me acuerdo mucho de mis padres, murieron el año pasado en Sidón, la ciudad donde vivíamos. Vi cómo los mataban los pelesets mientras me protegían. A mí, un vecino me metió en un barco en el último momento... Llegué aquí y el maestro me encontró tan perdido que me llevó al centro. El trabajo del metal me está ayudando mucho. Llevo así un poco mejor las cosas.

—Vaya, lo siento. Mis padres también murieron en un ataque contra el pueblo con el que llegué a donde me crie. Yo no los conocí, pero mi padrastro me recogió. En realidad, es mi padre. Para mí la metalurgia no es una terapia. Es mi vida. De donde yo soy, aquel que trabaja el metal es casi mago. A la gente corriente le parece increíble que, a partir de unas piedras concretas, trabajándolas con fuego, se puedan conseguir herramientas de metal, brillantes, pulidas resplandecientes. Mucho más duras que la piedra de donde salieron. Allí no es como aquí. El comercio es más bien un intercambio de productos con otros pueblos. Los pueblos no son como estas ciudades, y en aquellas poblaciones vetonas más grandes tampoco existen estos edificios. La gente no conoce la escritura, salvo algunos druidas, y su función es más ritual. Rara vez viene gente del mar. Alguna caravana de griegos que llegaron a los puertos de Tarsis. Alguna familia de sherdens últimamente, pero no suben tanto como hasta mi pueblo... Vaya, tenemos algo en común, nuestros padres murieron en una invasión... —relata Nilda.

—No sé cuándo acabará esto. Cuanta más riqueza tiene la gente, más avaricia y más personas deseosas de ser tan ricas como ellos. Aquí, mientras la gente en los años de sequía ha pasado hambre, el comercio del marfil y los perfumes estaba mejor que nunca. Los mercaderes se han enriquecido sin límites, y los reyes de los palacios dedican casi todas sus riquezas a mejorar sus ejércitos, sus flotas o a construirse monumentos y estatuas en su nombre... No sé qué sentido tiene eso. —Y añade—: Si los dioses existen, no los entiendo, o es que no son así. ¿Sabes que, de donde soy, incluso han sacrificado niños para mejorar las cosechas...? A lo mejor debería de ir a tu tierra, donde no parece que esa fiebre de la riqueza sea tan grande.

Nilda escucha con agrado a su compañero, al que hasta ahora no consideraba más que un gracioso que quería tontear con ella.

—Seguro que en el fondo es igual, pero, como las cosas no son tan modernas como en Enkomi, no se notan. Mi padre y yo allí… somos los raros, no hacemos las cosas para enriquecernos. Ahora empiezo a entender por qué se alejó de este mundo.

—Me alegro de que estés aquí. Aunque mañana delante de los demás no lo diré… —sonríe con un ligero sarcasmo.

—Yo también me alegro de que estés aquí. En mi pueblo, una de las chicas principales me desprecia por mi origen y por lo que hago.

—Qué va, es porque eres diferente y guapa, y eso siempre te hace atractiva. Seguro que te tiene envidia —se ríe Aníbal, que ya se le ha pasado la melancolía.

—Pues sí, eso será… —ríe Nilda, fingiendo orgullo con tono forzado de presumida mientras abraza al chico. Le da un puñetazo amistoso en el hombro.

Después de un rato, Aníbal pregunta con timidez y un poco serio:

—¿Te espera alguien en tu casa además de tu padre…? Tú me entiendes, ¿verdad?

—Creo que sí, pero no sé si podrá mantener su promesa con los años… A lo mejor, cree que no vuelvo, o la situación lo obliga a tomar a otra chica… Esa chica, de hecho —contesta Nilda.

—Oh…, ya veo. Bueno, hay cosas por las que merece la pena esperar toda una vida —termina el chico hablando con sinceridad.

—Gracias, Aníbal, me haces sentir como en casa… Vamos. —Y añade—: Ya nos habrán puesto la cena… No te enamores de mí. —Le pincha de broma Nilda mientras ríe.

—No estoy enamorado de ti —contesta sonriendo y de buen humor el chico… Y añade—: Al menos no del todo.

—Te estoy devolviendo tu comentario del primer día… aprendiz de cocinera. Ya te vale —continúa riendo la chica, que le sigue sacando los colores a Aníbal, que también ríe.

Los días y las semanas transcurren alegres. Las jornadas son duras en el trabajo, pero provechosas. El maestro les exige cada día más, pero es cariñoso con los aprendices que saben que la demanda de producción es desmesurada y los metalúrgicos no dan abasto. Nilda mejora su técnica. Va por delante de los demás aprendices. Es fuerte, incansable, golpea con fuerza el bronce. No importa el calor, ni el dolor en los hombros. Los demás la miran sin dejar de sorprenderse de que la chica, al margen de su habilidad, tenga la misma resistencia física que ellos, que también llegan al agotamiento. Desde luego, Nilda se ha ganado su respeto. En especial el del maestro, que tiene en mente algo para ella.

Un día después de una jornada de trabajo agotador, el maestro llama a Nilda y a Aníbal. Les mira un momento y les dice:

—Algunos de los metalúrgicos oficiales saben forjar hierro, solo dos, pero no confío en ellos. Aunque sois todavía aprendices, ya estáis preparados. Os voy a ser sincero… Creo que las cosas se pueden poner mal. Como sabéis, la demanda de bronce es muy superior a nuestras reservas de estaño. Últimamente, habéis hecho casi todo con cobre solo. El estaño que llega de Asia cada vez es menor, las rutas son más peligrosas y los países solo hacen que construir carros y armas de bronce para sus ejércitos. Tenéis que aprender a forjar hierro. Primero, chicos, es más difícil; segundo, es más peligroso. Los pueblos del mar buscan metalúrgicos de hierro para sus ejércitos. Es una amalgama de gente muy diferente. Unos son buenos en busca de una vida mejor que llevan incluso a sus familias a los combates; otros, piratas desalmados; otros, en busca de fortuna…, y así… No debéis caer en sus manos, y el mundo tampoco. Os enseñaré y, si las cosas empeoran…, os marcháis a Ugarit… Se rumorea que los micénicos planean atacar la isla cuando tomen Troya… Dios nos libre, llevan años intentándolo, y esta vez me dicen que están reuniendo una gran flota… Empecemos, chicos…

Al principio, los tres dedican tiempo a reconocer los minerales principales de donde obtienen el hierro. Algunos son muy oscuros, como la goethita; o rojos, como la hematites; o amarillo, como limonita. Nilda conoce algunos minerales que también son ricos en hierro, como la arsenopirita y la calcopirita. Después de un rato, los machacan y pulverizan, y lo funden por primera vez. La temperatura que necesitan es increíblemente más alta. El maestro les deja usar los hornos más grandes que fueron hechos para los primeros experimentos con hierro. El calor de esta forja es enorme, y además los hornos no están completamente al aire libre. Después de un buen rato, consiguen un fundido metálico algo sucio de textura algo inconsistente…

—Eso es lo que llamamos el hierro esponja. Tiene muchos poros y no es homogéneo. Como sabéis, hace mucho que se conocen objetos de hierro, pero rara vez es suficientemente resistente y rinde peor que el bronce, sobre todo con las armas —señala el maestro.

—Lo volvemos a fundir para quitarle impurezas y lo trabajamos con el martillo, ¿verdad? —pregunta Nilda.

—Así es… Te lo dijo tu padre, ¿no?

—Sí, lo hice solo un par de veces, pero no domino la técnica —responde Nilda.

—No es tan distinto el martilleo, la verdadera diferencia es la intensidad y la duración, que es mucho mayor que en el bronce…, y luego volvéis a repetir hasta que lo dejéis puro y le saquéis lo que estorba a martillazos… Cuando lo hagáis, entonces tendremos hierro, pero aún será menos eficiente que el bronce. Para eso nos queda otro paso… Ahora, empezad.

Los dos chicos se emplean a fondo durante toda la noche, casi sin parar a descansar. Al comenzar las primeras luces del alba por el mar, y al extinguirse los últimos martillazos, Aníbal y Nilda consiguen que el hierro esponja se haya convertido en hierro sólido… Ahora solo falta un paso…

La noche siguiente otra vez los tres están reunidos en los hornos grandes para seguir el adiestramiento.

—Ahora hay que transformarlo en acero… mezclándolo con un poco de carbón a alta temperatura. Forrad la pieza de hierro de carbón de manera uniforme hasta que se vuelva al rojo, luego lo adelgazáis con el martillo hasta que sea como una lámina y lo dobláis… Así varias veces… y luego lo templáis en aceite para que se endurezca bien… Si habéis conseguido unas superficies homogéneas, sin impurezas, tendréis algo que es más duro y resistente que el bronce —explica el maestro.

Los chicos dedican otra vez toda la noche, y, aunque el resultado es prometedor, cuando las espadas de hierro que habían forjado se prueban con las de bronce se rompen irremediablemente. El trabajo de doblar y doblar en capas es agotador, y al templar algunas veces las espadas se curvan… Los aprendices trabajan y se esfuerzan al máximo, algo les dice que esto va más allá de los encargos propios de su profesión… hay algo más en juego… El maestro no les quiere presionar más, los ve sudar y entregarse en cuerpo y alma.

Por el día, hacen bronce para el taller; por la noche, practican con el acero. Mejoran, pero aún no lo consiguen. El maestro prueba las armas de los chicos con espadas de bronce que él mismo ha fabricado. Se siguen rompiendo las nuevas espadas de hierro.

Pasan los días y, aunque el ánimo no baja, ni su compromiso, los chicos están agotados. Nilda está al límite de sus fuerzas… Forjan los dos la misma espada para resistir al cansancio. La celta coge la última de acero que han hecho y se dirige a probarla contra la de bronce, pero, antes de hacerlo, se siente tan cansada que se la da a Aníbal para que lo intente él… y lo hace… y ¡funciona…! La espada de bronce queda cortada por la mitad como si fuese de mantequilla.

—¡Lo hemos hecho, lo hemos hecho! —grita Nilda, que se lanza sobre Aníbal y lo abraza.

—¡Sí, sí, sí, hemos forjado acero! —grita también el chico feliz del logro y de su compañera.

Los dos se lanzan al maestro, que los abraza al tiempo que este los felicita y les dice:

—No tengo noticias de que nadie de vuestra edad haya forjado acero… Enhorabuena. —Y continúa—: Ahora conocéis el poder del hierro con carbón, estáis al frente de lo que todos buscan. Es un cambio revolucionario, es una nueva era, chicos... Ojalá que traiga otras cosas buenas... Tenéis una gran responsabilidad, pues conocéis el secreto. No sois los únicos, por supuesto. En otros sitios también se hace..., pero es muy escaso y, si saben que lo sabéis hacer, quienesquiera que sean ellos, querrán que trabajéis en su causa. —Y añade—: Sed prudentes, no se lo contéis a los otros aprendices o trabajadores del centro.

Los dos jóvenes continúan practicando las semanas siguientes con discreción hasta que empiezan a dominar la técnica correcta.

Nilda disfruta en la isla y es feliz. Aquí sus compañeros la estiman y la tratan como un igual, algo que se había ganado por sus méritos propios, no por ser hija de alguien rico, como Drusila; o por ser bonita, que también le había pasado a ella, aunque no le gusta utilizarlo; o por pena por ser huérfana, sino por su esfuerzo y valor. Y eso la hace sentir bien... Parece que la isla está hecha para ella. Muchas veces, por su cuenta, sale a recoger minerales por los montes cercanos, a veces sola y a veces le acompañaba Aníbal u otro de los chicos. Con frecuencia, se sube al pico de una montaña donde se podía intuir el otro lado de la isla. Allí subida, le gusta mirar el mar sin pensar nada, solo dejando que las imágenes entren por sus ojos sin juzgarlas, y esto le produce un gran descanso. A los otros jóvenes, les resulta extraño que Nilda no conociese más gente fuera del centro. Normalmente, las chicas tienen grupos de amigas con las que pasan tiempo si no están ya casadas, pero dedicarse enteramente a su profesión y a la contemplación de la naturaleza o recoger minerales, cosa que suele hacer en su día de descanso, no lo han visto nunca jamás sus compañeros.

Los meses se suceden, y Nilda está integrada con el lugar. El primer año en la isla fue un bálsamo de paz y tranquilidad, y, aunque durante la fiesta del solsticio de invierno echó de menos a su padre y su hogar, en la montaña de la península ya se ha acostumbrado a la humedad y al olor a salitre del mar. El ruido de las olas contra la costa le recuerda el sonido de un martillo contra un yunque que golpea de forma infinita y que le produce paz, como si de un mantra natural se tratase. En las calas rocosas de esta isla alejada de su poblado natal, ha llegado a tener verdadera paz.

Llega la primavera siguiente y el tiempo es bueno, aún no hace calor, los días aún son hermosos, pero se acerca la tormenta de la que le han advertido…, y es precisamente en la mañana de su día libre, estando con Aníbal en la playa, cuando las cosas empiezan a cambiar. Se acercan a ellos un grupo de nuevos aprendices que traen un mensaje del maestro. Este quiere que todo el mundo se reúna en la plaza del centro esta tarde sin excepción.

Para cuando llegan los dos a la plaza del centro de metalurgia de Enkomi, todos los demás trabajadores, ya fuesen oficiales o aprendices, ya están escuchando al maestro, que, manteniendo la calma e intentando hacerse entender, dice:

—En este momento, obviar las noticias no tiene sentido. Todos sabéis lo que pasa, o al menos lo habéis escuchado en el puerto o a los comerciantes. La coalición de diversas naciones que desde hace unos años han asolado pueblos y ciudades en Levante se dirige aquí con una gran flota. Es posible, según nos han contado, que lleguen más oleadas a la isla, ya que gran parte de sus naves están fondeando en Troya, la cual podría caer en su poder, al igual que esta isla. Al ser la nuestra una tierra muy rica en minerales, es también muy codiciada, tanto por los pueblos del mar como por los hititas. Estos últimos tienen muchos frentes abiertos y muchos ataques a sus fronteras por todos los puntos cardinales.

El maestro se toma una pausa para que los oyentes puedan ir asimilando y continúa:

—Alesiya por sí misma no puede hacer frente a esta flota. Los hititas concentran sus esfuerzos en defender sus fronteras más inmediatas aunque necesiten nuestro cobre… Es cuestión de tiempo que la coalición se haga con el control de la isla. Mi consejo es que todo el que pueda huir que lo haga ahora que no se ha producido el ataque y que no han empezado las tragedias.

El final de sus palabras es demoledor… Durante muchos meses, la gente ha temido por su futuro y por sus medios de subsistencia. La posibilidad de una entrada pacífica no se contempla, ya que el reino es vasallo de Hatti y no lo entregarán por las buenas; además, parte de la estrategia de la coalición es sembrar el terror y dar la opción a los supervivientes para que se integren en sus filas. Aquellos que tienen familia ven con horror el futuro, y lo que nunca creyeron que podría pasar se cierne sobre ellos como una sombra densa y mortífera.

—¿A dónde iremos? —pregunta con sinceridad un trabajador de los más antiguos.

—En estos tiempos, ningún consejo es suficientemente útil. Ugarit es una gran ciudad y es vasalla de Hatti. Tal vez sería el lugar que mejor nos acogerá, somos aliados de ellos, y personas como nosotros que conocen la profesión del metal siempre son necesarias. Allí, al igual que en esta isla, el comercio es muy rico y las rutas muy frecuentes. Aunque las cosas se pongan feas, creo que el negocio de los mercaderes no se puede terminar. Además, hay otras ciudades ricas muy cerca en toda la costa hasta la frontera con Egipto —responde el maestro.

—¿Por qué no Egipto? —pregunta otro.

—También podría ser, aunque el recibimiento inicial no sería el mismo. Allí seríamos extranjeros. En Ugarit o en Hatti somos iguales. Aunque creo que a cualquier sitio que vayamos nuestros conocimientos nos harán valer —contesta el maestro.

—¿Nuestros conocimientos? Eres un malnacido…, el estaño que llega cada vez es menor, tendríamos que aprender a trabajar el hierro como hacen en Siria. No podemos vivir de hacer bronce si no tenemos estaño, pero tú no nos has querido enseñar a hacerlo, en cambio sí que lo has hecho con estos aprendices extranjeros que has recogido de la calle. Si supiéramos hacer acero, los pueblos del mar nos darían trabajo —le increpa al maestro uno de los veteranos al tiempo que señala con el dedo a Nilda y Aníbal, consiguiendo que varios trabajadores se unan a su argumento movidos por la envidia y el miedo.

—Enseño al que quiere aprender, tú has estado siempre más ocupado con tus ganancias que atento a lo que podías aprender. Deberías imitar a estos aprendices que se han dejado la piel mientras tú perdías el tiempo en las tabernas del puerto —le responde con dureza el maestro.

—¡Qué vergüenza, echarle la culpa al maestro de esta situación! Quién de aquí o sus familias no ha sido extranjero alguna vez... ¿Es que no os acordáis ya...? Cuando luchamos contra los hititas y luego cuando nos vencieron, acatamos sus leyes y vasallaje, y ahora los que gritáis contra los extranjeros estáis suplicando la ayuda de la flota de Ugarit o las tropas de Hatti. Estas situaciones, compañeros, son cosas que pasan en la vida, pero no debemos de faltar al respeto a la persona que nos ha enseñado y cuidado para que nosotros y nuestras familias pudiésemos vivir. ¡Eres un cobarde! —le termina gritando la esposa de otro trabajador al que increpaba al maestro. La mujer es egipcia y se siente muy ofendida por el comentario sobre los extranjeros.

La discusión se generaliza, el ruido y las voces no dejan lugar a las explicaciones ni la razón.

—Lo dices tú, que tienes familia en tu rica tierra y encima has venido a llevarte nuestro pan —le grita a la mujer y su familia. Y añade—: Vete de aquí.

El marido de la mujer, un hombre corpulento criado toda su vida en Alesiya, se adelanta para golpear al increpador. Pero, en ese momento, un sonido de cuerno de los que se utilizan para llamar desde lejos entre los barcos se alza por encima del ruido deteniéndose unos instantes la pelea.

—Compatriotas, seáis o no nacidos aquí, todos estamos bajo el mismo peligro, y las peleas, no. Tengo una noticia terrible que daros... Lo acaban de relatar unos supervivientes que han arribado al puerto... Las ciudades micénicas se han unido a la coalición y han tomado Troya. Después de diez años de haberlo intentado en solitario, ahora, con el resto de naciones, lo han conseguido. La ciudad ha sido incendiada de arriba abajo... Ya no existe. Ha sido una matanza. El paso al mar de Mármara y las ricas zonas mineras pertenece a este ejército de piratas. Los dioses nos protejan, porque si Troya no ha podido resistir qué oportunidad puede tener Enkomi. No tardarán en venir..., son imparables... Amigos, id a hacer los equipajes con los vuestros y coged cualquier cosa que flote y os haga llegar a la costa del continente —habla con consternación uno de los empleados que trabaja en el puerto para descargar mercancías.

Esta última noticia sienta con un jarro de agua helada que apaga la pelea como el agua al fuego. La multitud enmudece por un instante, por fin hay un silencio total.

Nilda coge la mano asustada a Aníbal y le dice:

—Poco equipaje tengo yo, coge lo que sea y vámonos al puerto. Yo tengo algo ahorrado, tal vez consigamos dos sitios en alguna embarcación.

Aníbal asiente sin palabras y corre a por sus cosas. El pánico se apodera de los presentes, sobre todo por lograr salir de la isla. Algunos deciden que subirán a los montes más altos y edificarán allí sus casas protegidas por el escarpado relieve de la isla. Otros se van a su casa a esperar las próximas semanas y otros huyen al mar.

Los jóvenes aprendices se quedan mirando al maestro, que se acerca a ellos con paz y les coge a cada uno de la mano y los despide. Les dice:

—He sido muy feliz compartiendo este tiempo con vosotros. Ojalá que tengáis una vida larga y feliz como la he tenido yo, y que de vez en cuando, al encender una forja, me recordéis con cariño.

Algunos de los jóvenes tienen lágrimas en los ojos al despedirse. Nilda llora y lo abraza. Este le dice:

—Saluda a tu padre de mi parte cuando vuelvas... No hace falta que le digas que tiene una hija excepcional porque ya lo sabe —le dice con cariño el maestro.

—Venga con nosotros, por favor —le pide Aníbal.

—Mi sitio está aquí. Al igual que el metal está dentro de las piedras, a pesar de que no lo veamos hasta que la forja lo saca, y, sin embargo, siempre ha estado ahí. De igual manera, mi alma puede cambiar de forma, pero siempre estará presente. Los esperaré cuando lleguen. Mi familia hace tiempo que ya no está en este lado. Y les echo de menos.

Los chicos están abrumados, pero el maestro les insta a darse prisa y no mirar atrás. La tarde es calurosa y silenciosamente pesada por el bochorno, pero Nilda siente un frío que recorre el cuerpo entero.

El puerto es un hervidero. Familias enteras con sus pertenencias intentan embarcar en sus propias naves o en otras a precios desorbitantes. Los jóvenes pagan, con casi todo lo que tienen, el viaje a Ugarit. Además de los ahorros, la belleza de Nilda ayuda al cometido, pues a Aníbal le habían rechazado la oferta previamente. La chica percibe la situación y comenta a su amigo:

—Creo que en estas situaciones se puede ver el alma de las personas. En unas, como el maestro, es para bien; en otras, como estos usureros que harán las próximas semanas estas travesías constantemente a precio de oro aprovechándose del miedo de las personas, para mal… Espera que no me pida nada más…, me asquea cómo me mira…, cerdos.

—Nadie te va a tocar, Nilda —susurra Aníbal, que se sienta junto a ella y no se separa de la joven en todo el camino.

Docenas de embarcaciones rumbo al este parten. Nilda mira atrás desde el mar para ver su último atardecer en Enkomi, por encima de las montañas, como tanto le gustaba hacer. Pronto la ciudad será arrasada.

Su viaje continúa hacia el este…, siempre al este.

VI. ISLAS GRIEGAS

«Hay hambre en nuestra tierra, moriremos todos de hambre. Si no llegas rápidamente aquí, moriremos todos. No verás ni a un solo alma viva en tu tierra».

Carta encontrada en la casa de Uternu, Ugarit, en relación con la hambruna en Hatti, hacia 1185 a. C.

En una pequeña isla del mar Egeo, cerca de la costa, con la ciudad de Mileto a poca distancia, se concentra la mayor flota de la época que jamás se haya visto por la zona. Un buen número de barcos, no obstante, pasan de largo y se dirigen a sus hogares desperdigados por las islas y las costas. En esta estación, ya han cumplido su misión y hasta la nueva etapa no serán llamados. Solo unos pocos meses de descanso y luego volver a la guerra en otoño. La sequía del verano y el calor del continente dificultarían la ofensiva de otro modo. Sin embargo, los principales barcos, con los emblemas de origen que portan a los jefes de las distintas facciones, están amarrados en el puerto. No es la única isla, en las otras pequeñas también atracan buques venidos de Troya y pasarán el invierno lejos de casa.

En la isla principal, donde se encuentra esta especie de alto mando de la coalición se están montando las tiendas de los soldados, y el campamento que se extiende por toda la costa ha tomado todo el paisaje. Muchas de las naves se quedan a una distancia de la orilla, sin llegar a fondear en el puerto, tienen el ancla echada y la tranquilidad del mar en esta época les permite descansar unos días mientras se celebra el consejo del Estado Mayor, en el pequeño palacio. Luego partirán. Los griegos seguramente volverán a sus casas o lo que quede de ellas si son ciudades. Los sherdens y shekelesh probablemente pasen el invierno en las zonas recién conquistadas. Sus hogares están demasiado lejos. A esta hora, en cada barco y en cada tienda, se sigue celebrando la conquista de Troya. Las tiendas de la playa son de pieles y algunas también de tela. Se distribuyen en filas rectas a lo largo de la playa atendiendo a la procedencia de sus tropas. Esta vez, el montaje es más provisional que de costumbre, ya que sus generales han dado orden de partir en cuanto se termine el consejo. A lo lejos, también se encuentra la flota civil, que tampoco fondea en la playa. En esas embarcaciones se celebra más bien que los familiares, el padre, hijo, abuelo o hermano no ha perecido en batalla y la aventura en busca de la tierra prometida puede continuar.

Nunca una reunión de ejércitos ha sido tan desconcertante. Encajar el desarrollo de los acontecimientos con actores e historias tan diferentes e intentar juntarlo todo, como si no hubiese pasado nada, es como un gigantesco puzle que cambia de día en día. Si la mezcla de etnias e intereses es compleja en sí misma, la situación de las tropas micénicas es el paradigma de la confusión. Por un lado, Troya ha sido tomada después de mucho tiempo. Por otro lado, sus ciudades habían sido atacadas por los que ahora son aliados, o abandonadas por su misma población, harta de que las riquezas de sus palacios no llegasen al pueblo y de que los mismos comerciantes optasen por desembarcar en otros puertos, más seguros, de Levante o incluso en sus mismas costas griegas alejados de la intervención de sus estados. Una suerte de suicidio colectivo, donde ha primado más la desesperación y el descontento que los valores. Donde griegos han luchado contra griegos por subirse al carro de la victoria, aquellos que tantas veces habían sido marginados o resistir y morir por todo en lo que habían creído.

Los restantes pueblos del mar se han aliado contra los poderes palaciegos griegos alentando la revolución y apoyando militarmente, más que con un ataque directo. No parece que haya habido mejor aliado que el hambre y la esperanza de otra vida más fácil. Los reyes griegos no han resistido, y la coalición ha cumplido su palabra de que se tomaría Troya, al tiempo que varias ciudades de Levante son destruidas. La tierra prometida y sus riquezas parecen al alcance, mientras que más de un micénico se pregunta a qué precio y si no habría sido mejor defender su patria hasta la muerte.

En la escalera que baja al puerto, ahora tomado por una multitud de buques, descansa triste, con lágrimas en los ojos, un oficial que acaba de dar el relevo a una guarnición que otea el horizonte. Le siguen cruzando la mente los mismos pensamientos y no sabe si alguna vez le dejarán descansar… las imágenes de sus amigos y compatriotas que cayeron bajo su espada ebrio de ambición.

—¿Qué honor podría haber en esta victoria contra sus propias ciudades por mor de un mal menor…? ¿Qué dirían a sus hijos o a los hijos de aquellos que maté…? Lo hicimos por necesidad. ¿O por hambre… o por miedo… o por codiciar otras tierras ricas? ¿Somos piratas…? Luché contra soldados que estaban bajo mi mando y que murieron defendiendo su patria, a pesar de que el hambre y la escasez les afectaban incluso más que a mí.

El soldado no celebra la victoria de Troya ni ha participado de su botín. Harto de sangre, saqueos y abuso a los supervivientes, a las mujeres y al genocidio infantil.

—Esta es mi verdadera derrota, no haber defendido aquello en lo que creí. ¡Un cobarde es lo que soy…! Opté por la victoria fácil, al calor del ruido y la ambición al lado del bando ganador. Ahora sé lo que soy…

Tarda un rato, pero, finalmente, una ola de tranquilidad le invade con la aceptación del hecho. Se acabó la lucha interior. Se quita la armadura y deja sus armas. Coge un bote en el puerto y rema rumbo a Micenas… Su intención es pedir perdón a los que quedaron, o a las familias de los muertos, ayudar a su patria y, si muere ahora, al volver por esta causa, o engullido por el mar, habrá sido lo único digno de estos años. El bote se aleja ajeno a los ruidos y las celebraciones.

Un prisionero que ve el bote alejarse cree entender el motivo y, triste, se pregunta por qué no lo hizo antes. Él, como el resto de compañeros en su situación, tiene poco tiempo para decidir, unirse o morir. Ha tomado ya la decisión, y piensa mientras mira al desertor: «Pronto nos veremos en la otra vida, compañero». Él es una excepción, la mayoría evitarán la ejecución a cambio de la promesa de empezar una nueva vida. Marluk llegará como la muerte fría y certera esta noche para preguntar a un nuevo grupo su decisión. El pirata lukka lidera las ejecuciones ejemplares al atardecer, como es costumbre.

El salón del palacio es de forma ovoide, tiene las paredes pintadas con ventanas grandes por donde entran la luz y el aire. Las columnas de madera de nogal importadas de algún lugar lejano se distribuyen en filas por los laterales. El suelo empedrado en mosaico tiene unas representaciones griegas del dios Poseidón, muy apropiado para estos días de enormes viajes marinos y victorias. Piras se levanta de la mesa de jefes y reyes, y toma la palabra rompiendo el ritmo de la música y la danza de las bailarinas que amenizan la celebración por la victoria. Comienza su discurso empezando con un tono bajo e incrementándolo a medida que progresa el discurso:

—Dijimos que las ciudades griegas se unirían y sus reyes serían derrocados, y ocurrió. Dijimos que marcharíamos juntos a Troya y sus pueblos vecinos, y lo que parecía imposible se logró. El rey Príamo y el príncipe Alexander, que allí llamaban Héctor, murieron en el asalto sin que nadie los auxiliara. El paso del estrecho al mar de Mármara es nuestro y todo comerciante que pase esta vez nos pagará a nosotros. Como visteis, la ayuda de Hatti no llegó. Están en otros frentes, como también dijimos que pasaría. Nuestros informadores acertaron, a pesar de las reticencias de algunos. Sus luchas internas y los kaskas los han tenido ocupados. Pronto, tanto las ciudades hititas interiores como sus ciudades costeras o vasallas también caerán. Sus imperios serán nuestros y las riquezas de estos nuevos tiempos serán para nuestras gentes. Ahora, por fin, hasta los más escépticos empiezan a creer. Nuestra patria es el mar, pero nuestros reinos están en los continentes y en los confines del mundo... Ahora Alesiya, Levante, Hatti y luego Egipto.

El final del discurso es vitoreado con gritos de hurras y golpes en la mesa. Se brinda con vino en copas troyanas.

Piras continúa:

—Aún no hemos ganado. Mientras nuestros enemigos sigan luchando por su cuenta, sin aliarse, estarán perdidos. Nosotros somos más y estamos curtidos en mil batallas. Ahora nuestro informador os pondrá al día de la situación de la estrategia.

Persio se levanta cuando se hace el silencio y comienza a hablar:

—Mientras nuestros ejércitos tomaban Troya, me dirigí al palacio del faraón, con mi posición allí y los contactos he podido estudiar sus movimientos y planes. Están construyendo una flota, ya que sus espías les han informado del estado de la nuestra. La construcción de dicha flota va con retraso, ya que está sufragada solo por las arcas del reino y los años anteriores, durante el reinado de los otros faraones los ejercicios fueron ruinosos. La tendencia en la corte de Ramsés es creer que nuestro ataque principal será por mar. En algún sitio de la costa cerca de la frontera con Libia. Creo que debemos hacerles creer que será por tierra en la frontera con Hatti y Egipto, cerca de Qadesk. Debemos reunir suficientes tropas y carros en la frontera para que destinen el grueso de sus ejércitos terrestres con sus carros a esa zona, y entonces atacar por la entrada del Nilo con nuestros barcos llegando a sus principales ciudades. Si durante las próximas estaciones nuestros pasos se encaminan en esta dirección, su flota nueva no llegará a terminarse, y la victoria estará a nuestro alcance. Mi trabajo los últimos meses en Pi Ramsés ha estado orientado a este engaño, pero, para que sea realista, hay que vencer a los hititas y las ciudades de la costa. Después reuniremos, como he dicho, las tropas en la frontera y avanzaremos. Por otra parte, si no las detienen allí, conseguiremos atacarlos por los dos flancos, al norte en el delta del Nilo, con nuestros barcos partiendo de las islas griegas, y al este por tierra desde Levante atravesando Qadesk. El ataque naval se reforzará con la flota lukka y tjerker desde el continente.

El etrusco termina esta parte y continúa con los planes inmediatos:

—Para la próxima primavera, creo que, mientras atacamos Alesiya, los hititas no la defenderán. Nuestras tropas desembarcadas en Troya se unirán a los kaskas y atacarán por el norte a Hatti. El objetivo es tomar Hattusa, su capital. Al tiempo, la flota lukka atacará la costa y debería de atraer a la flota de Ugarit, de forma que Alesiya quede solo defendida por sus propias fuerzas. Si esto sale bien, seguramente la infantería de Ugarit acuda a ayudar a los hititas que estarán defendiendo sus ciudades. La ciudad de Ugarit sin su flota y con sus ejércitos en Hatti quedará desprotegida. Naturalmente, este invierno con las malas cosechas que ha habido los graneros estarán medio vacíos e intentaremos que sus pueblos se levanten contra ellos. Alimentaremos las revueltas internas. Por un lado, atacaremos las rutas comerciales sembrando el desconcierto en los mercados y desabasteciéndolos. Por otro lado, culparemos a sus reyes por no darles grano. Procuraremos al tiempo interceptar los barcos de ayuda egipcios. Todo esto es difícil ahora de asegurar, pero, si no variamos estos planes y nos ceñimos a las líneas estratégicas, entonces Hatti podría caer.

Persio termina su exposición al tiempo que enrolla un papiro con un mapa y distintos trazos dibujados que ha utilizado para situar las diferentes tropas y países implicados. Ha sido claro y profesional, haciendo buena su reputación de estratega y espía entre el alto mando de la coalición.

Varios jefes lo aplauden y lo acompañan:

—Bravo, buen trabajo. La estrategia está marcada. El mundo es nuestro.

Marluk se levanta y dice:

—Los barcos lukka no podrán contra la flota de Ugarit a menos que desembarquen en nuestra tierra.

—No será necesario que ganen la batalla, bastará con que alejen los buques ugaríticos de su ciudad. Cuando vuelvan, ya no tendrán una ciudad que proteger —responde Persio.

—¿Es que acaso hemos de hacer de cebo? —replica Marluk.

—La flota de Ugarit solo querrá impedir más ataques a las ciudades de la costa. No llegarán a desembarcar, solo lucharán con los barcos... Debéis huir y entretenerlos..., no es la primera vez que hacéis eso... y a cambio lo que se te ha prometido en la victoria final es mucho más que vuestra pobre tierra —contesta Persio.

—¿Quién más conoce este plan aparte de nosotros? —pregunta Marluk.

—Nadie, salvo que alguno de los presentes lo difunda. Nosotros somos soldados profesionales, mejor será vigilar a los que hacen la guerra por su cuenta y beneficio —responde Persio, cuya insinuación a los lukka no agrada a Marluk.

Este desconfía y vuelve a preguntar:

—¿Cómo sabemos que no tenemos espías egipcios o hititas en nuestras filas?

—Probablemente los tengamos, pero espero que no en este nivel. Supongo que también hay otros espías que trabajan para nosotros y que operan en Egipto, aunque yo no los conozco. Deduzco que tampoco tendrán acceso al faraón, aunque también nos den información menor. Así espero que los espías egipcios o hititas al menos no estén en esta asamblea de decisión, por tanto, esta información no debe salir de esta reunión hasta el momento de dar la orden a nuestros comandantes y fijar el rumbo de las naves —responde Persio y continúa—: Yo soy un soldado y sé cuál es mi deber, y mi misión, y la cumpliré aunque en ella me vaya la vida, y sé que me irá probablemente —añade mientras mira a Marluk desafiante.

Los presentes perciben un todo de sinceridad en el soldado y la confianza en él se refuerza, más si cabe después de que su información sobre Troya y la ausencia de refuerzos hititas se cumpliese fielmente.

—Desde luego, mientras tanto, seguiremos contrastando tu información con los otros espías en los palacios —termina el jefe de los lukka.

Piras se levanta y añade:

—Está marcado, pues. Ahora celebremos nuestras victorias y que nuestros hombres puedan relajarse y disfrutar lo que se han ganado estas semanas. Antes de que partamos hacia Levante, nos volveremos a reunir para ultimar detalles. Marluk ¿qué ha pasado con los prisioneros?

—Esta noche lo decidirán… Ante la espada la mayoría se unen a nosotros —termina con una sonrisa irónica al tiempo que se pasa un dedo por el cuello en señal de ejecución y su gesto es aplaudido con bromas de sus oficiales.

Piras ordena proseguir con la fiesta y las chicas vuelven a bailar. Algunas de ellas son troyanas, o griegas o de Sidón o de cualquier otra conquista. Antes eran personas con familia y futuro, algunas muy jóvenes sin casar, otras han visto a sus parejas morir en los asaltos.

Persio dirige una mirada de desagrado a Marluk y piensa: «No somos iguales». Sale del salón en silencio sin unirse a la celebración. Siente que en el fondo no hay nada que celebrar. Todas estas situaciones y su trabajo en general le está costando la vida, convivir con estos bárbaros. Sin embargo, su compromiso con su misión es total y su determinación para llevarlo a cabo también es completa. Ha pasado casi toda la mañana en la reunión y ahora a solas termina de apuntar las últimas anotaciones en el papiro que ha utilizado para la exposición. Alegando responsabilidad y trabajo, declina pasar más días en la isla y se encamina en una embarcación que se dirigirá a Alesiya y que solo lleva la tripulación imprescindible para guiar el barco. Guarda su información como oro y seguirá tomando notas en Enkomi; su llegada está prevista antes del ataque inminente en la próxima primavera, pero tiene que tomar nota de las posiciones de defensa y de los movimientos de los hititas y de la flota de Ugarit. La noche anterior preparó todas sus pertenencias para salir pronto. Se despoja de sus armas y armaduras y las deja en un rincón del barco con un gesto de desagrado. Ayuda a la tripulación con las maniobras obligadas y zarpan hacia el sur con buen viento y poco oleaje. Se coloca en la popa del navío y mira cómo desaparece, poco a poco, el puerto mientras van dejando el resto de la flota que espera en el mar el momento de partir. Finalmente, hasta el último barco anclado es superado y se coloca en la proa sintiendo el viento y las olas que parecen como si quisiesen ayudar a limpiar sus preocupaciones.

«Ojalá esto pase pronto», piensa, mirando el cielo y deseando que el mundo fuese un lugar mejor.

VII. UGARIT

> «Al rey, mi señor, de Ammurpy rey de Ugarit, tu siervo. ¡He escrito dos, tres veces, con noticias sobre el enemigo! ¿Puede saber, mi señor, que las fuerzas enemigas están estacionadas en Ra Su, y su vanguardia ha sido enviada a Ugarit? ¿Puede, mi señor, enviarme fuerzas y carros para salvarme del enemigo?».
>
> Carta de la casa de Uternu en Ugarit al virrey de los hititas en Carchemish. Hacia 1185 a. C.

Es mitad del otoño, pero el tiempo sigue muy seco y bastante caluroso. Las cosechas de cereales han sido escasas, pero no tan catastróficas como todo indicaba a principio de la primavera. Afortunadamente, hubo unas semanas de lluvia generosa que consiguió revertir en parte el problema, o al menos posponerlo. Los años anteriores han sido a cuál más malo y la economía de la población depende del comercio cuya escala, aquí, es impresionante y permite a la gente comprar grano que a veces viene del interior del continente de Babilonia o de la tierra de los mitani. También, en ocasiones, de Egipto, aunque en otoño la situación era tan mala que el faraón envió varios barcos con grano gratis, así como telas y oro para que los ánimos de la ciudad se calmasen. A nadie le interesan más incendios tal como van las cosas. La pesca afortunadamente es un recurso muy habitual, y la población guarda pescado en salazón con frecuencia para los malos momentos. Nilda y Aníbal todavía siguen adaptándose a la ciudad a la que llegaron hace más de un año. Llevan meses trabajando para varios comerciantes que quieren objetos de adorno ya terminados, además de herramientas y armas. A cambio, consiguen ganar lo justo para poder vivir en la casa de una familia judía que se dedica a la venta por toda la costa. El oficio de vender parece ser en esta familia algo que viene de una antigua tradición. No lo hacen como otros en los mercados del puerto, buscando riquezas ni codiciando los bienes de los demás. Para el padre, es una forma de vida y el cuidado, y las formas de vender dignifican su profesión, y ese buen ejemplo lo transmite a la familia entera. En alguno de sus viajes, ha comerciado incluso con Tarsis. Lo hizo en una ocasión siendo joven, en un viaje parando por diferentes países que le llevó tres años.

Nilda comparte habitación con la hija pequeña, que tiene unos catorce años y se llama Ruth. Aníbal duerme con los animales en el establo, aunque un poco separado de las bestias, en un rincón que ha acomodado como habitación.

Los dos jóvenes mantienen su costumbre de ver anochecer cerca de la costa. Aquí, a diferencia de Alesiya, el sol se mete por el agua, produciendo un espectáculo maravilloso con la luz naranja formando un camino que parecería que permitiese el paso hasta la isla. Por el contrario, en Ugarit el sol sale por las montañas, fuerte e intenso especialmente en verano, de tal forma que pareciese que el mismo dios Baal, adorado por este pueblo, vigilase la urbe y la sometiera a un calor abrasador.

Ugarit es una ciudad cosmopolita sin parangón. Incluso Enkomi parecería pequeña a su lado, y más de setenta mil personas viven permanentemente en ella o en los pueblos vecinos. Es la ciudad del comercio por excelencia y, si eres hábil en el negocio, no es improbable volverse rico. No hay producto de lujo que no se pueda conseguir, sea ámbar, jade, marfil, perfumes u otros más prácticos como papiros, objetos de bronce, telas o pinturas. También es posible encontrar artesanos de diferentes campos; madera, metal, escultores y pintores, cómicos, juglares y actores que entretienen con sus obras en los puertos. Incluso las rutas de los comerciantes, a pesar de las noticias de ataques y saqueos de los pueblos del mar, traen barco tras barcos al puerto y los oficiales de la ciudad recaudan los derechos de atraque y comercio. Algunos días, también es frecuente ver a galeras del ejército patrullar y, en ocasiones, llegan a recorrer parte de la ruta con los mercantes. La economía de la ciudad es muy dependiente de este tráfico hasta el punto que la amenaza de guerra es tan seria que podría hacer que toda la estructura de la metrópolis cayese. Ugarit es, junto a Egipto, la imagen del sueño del Este, lo que está impulsando las migraciones desde tan lejos como el mismo Tarsis.

Está bien fortificada. Su ejército y flota naval se encuentran en estado de alerta. En el interior de la ciudad, un poco elevada, se sitúa el impresionante palacio de los reyes ugaríticos. Tiene, asimismo, una muralla defensiva potente y una forma aproximadamente cuadrada de unos cien pasos largos por cada lado. La puerta principal es enorme, de más de ocho pasos de ancho. En el interior, hay numerosos jardines con fuentes. En el lado oeste, se encuentran varias cámaras reales a modo de necrópolis, y, en el este del palacio, se encuentran los archivos donde se escriben y guardan las tablillas para ser cocidas y envidadas. El palacio es imponente y a muchos ciudadanos les agrada pasear por sus inmediaciones a diario. Sobre todo llama la atención el lujo con el que viven los príncipes y princesas hititas que muy raramente abandonan el palacio. Alguna vez Nilda, observando el palacio, ha visto a las princesas y no le parecían felices. Las habladurías de la calle y chismorreos cuentan siempre historias de peleas por la sucesión al trono entre diversos hijos de los reyes que, según aseguran, ha ocasionado disputas entre varios pretendientes arrastrando en ocasiones a parte del ejército a situarse en favor de uno u otro aspirante.

Después de que Nilda y Aníbal abandonasen Alesiya, el continuo arribar de barcos griegos a la isla se intensificó y, aunque las primeras semanas no pasó nada excepcional, no tardaron mucho en llegar las naves de la coalición y comenzaron los ataques. La resistencia en las ciudades se enconó un poco especialmente en Enkomi, pero al final la mayoría de la población optó por adentrarse en el interior en las zonas elevadas e intentar aguantar allí hasta que la situación mejorase. Están a la espera de que la guerra, la ganase quien la ganase, estabilice la situación o poder volver a vivir con cierta normalidad. Al fin y al cabo, nadie vive siempre de saquear a los mismos. Los asaltantes, al final, también se tienen que asentar en algún lugar.

Las fuerzas de Alesiya no habían sido rivales, y ahora se temía aquí mucho por una nueva oleada de ataques, tanto por tierra como por mar. En este ambiente de incertidumbre, las personas trataban de hacer la vida lo más normal posible evitando pensar todo el rato qué pasará al día siguiente. No solo la preocupación venía del mar, sino que también del este, por el continente, ya que algunas ciudades hititas están siendo atacadas y otras también están a merced de las revueltas internas y el descontento.

Las mañanas empiezan parecidas. Si los puestos de vigía del mar no anuncian malas noticias, y solo hay avistamientos de mercantes, entonces el ruido cotidiano del mercado matutino comienza de forma moderada y aumenta mucho antes del mediodía, lo que es una buena señal de que las cosas discurren sin problemas en la bulliciosa urbe. Los barcos mercantes que se acercan a la ciudad suelen alinearse en una fila más o menos bien hecha donde llegan hasta un primer puerto separado de la costa que hace de control. Cuando está disponible más espacio en el puerto principal de la ciudad, entonces continúan hasta atracar en el embarcadero y descargar los productos que transportan. Buques de todos los tamaños, formas, procedencia y origen de la tripulación se dirigen como las hormigas siguiendo un camino abarrotado de compañeras. Al principio, este mundo para una persona como Nilda era imposible de digerir, a pesar de que Enkomi era una gran ciudad, esto supera todo lo que su imaginación hubiese podido concebir.

«Y a mí que me parecía una proeza que Arrio y sus colegas tuviesen abierta la ruta entre nuestro pueblo y tartesios para comerciar trayendo productos de sitios tan lejanos», pensaba la chica los primeros días.

«Aquí la gente está medio loca y casi todos han perdido la capacidad de escuchar un momento en silencio. Te insisten en vender cualquier cosa y su mundo se mide por los resultados que sacan de esa venta».

La vida con la familia pasa agradablemente y ambos jóvenes están muy agradecidos a la compasión que han tenido con dos extranjeros que aparentemente tenían poco que ofrecer y mucho que comer cuando llegaron de Alesiya. La chica no conocía el idioma ugarítico y Aníbal siempre le tenía que hacer de traductor. Aquí se hablan muchas lenguas, pero la familia no domina el egipcio. Nilda no tarda en aprender lo suficiente para entenderse. En la casa, pronto se dan cuenta de que los jóvenes refugiados son trabajadores y que parte de lo que ganan con su talento fundiendo y forjando lo aportan al hogar. Nilda, desde luego, lo cambiaría todo por volver al centro de metalurgia de Enkomi, pero eso ahora es imposible y nadie sabe bien cómo está la situación en Alesiya.

Una tarde de otoño, cuando Nilda y Ruth han terminado cada una sus tareas, salen a pasear cerca del palacio. A la celta le gusta ir más al mar, pero la joven Ruth dice que, si hay suerte, podrían ver a alguna de las princesas pasear por el jardín mientras ellas espían por una pequeña abertura en el lado sur de la muralla del palacio, cerca de los jardines, y así poder ver cómo van vestidas. A Nilda le gusta complacer a Ruth, que es muy soñadora y se ríe con ella. Eso le hace olvidarse de las penas y preocupaciones. Aquella tarde la suerte está del lado de Ruth que, por casualidad, coincide con la llegada de una princesa pretendiente desde Babilonia, para conocer a uno de los príncipes de la ciudad. Seguramente, es una princesa de segundo o tercer nacimiento que, no habiendo encontrado salida en la corte de Hatti o de los mitani, ha terminado en Ugarit. Lleva un vestido largo azul bastante ceñido con una fila de piedras preciosas bajando por las mangas. En la cabeza, un peinado en muchas trenzas recogido con un pañuelo también azul. Calza unas sandalias de cuero fino y camina con elegancia al lado de uno de los príncipes de la ciudad. Ruth, que se fija mucho, dice:

—Mira, Nilda, ahora, en el continente, llevan muchas el pelo así, sobre todo si son de la realeza... Ojalá yo estuviera en su lugar..., qué guapa y distinguida, viviendo en un palacio. Bueno, en realidad, no es más guapa que tú, ¡pero mira su vestido, Nilda..., lo que valdrá!

—No sé si me gustaría estar en su lugar, probablemente es parte de algún acuerdo político entre ciudades o naciones. No creo que su príncipe sacrificase su destino por ella. A lo mejor está más feliz sola de momento...

Ruth mira a Nilda y comenta:

—Al principio, pensé que los dos erais pareja, pero me he dado cuenta de que no... ¿Es porque a ti no te gusta Aníbal...? Porque lo que está claro... es que a él sí le gustas mucho —pregunta mientras sonríe, como si hubiese estado guardando un secreto durante meses.

Nilda sonríe y responde:

—Sí..., sí, me gusta, pero no sé si es buen momento. Además, espero que alguien lejos de aquí mantenga una promesa.

—A mí me encanta que los chicos se fijen en mí —suelta la joven Ruth—. Además, tú eres muy bonita, debes de estar acostumbrada a que te digan cosas agradables...

Nilda no dice nada y responde con una sonrisa; después de un rato, añade:

—La verdad es que nunca he tenido nada parecido a un novio, y ya tengo casi diecinueve años... Muchas ya están casadas antes y con hijos. —Vuelve a sonreír y añade una broma para sentirse cómoda—: Creo que el problema es que me gusta martillear el hierro y el bronce, y a los chicos le debe de ahuyentar, ja, ja, ja, ja, ja... Primero quieren conocerme y luego salen corriendo...

—Yo no sé cómo es Aníbal, pero creo que este no va a salir huyendo... Y créeme que de chicos sé bastante —dice Ruth, riendo, y a continuación pregunta—: ¿Cómo te gustaría que fuese un chico entonces?

—No estoy segura, pero creo que sé lo que no me gusta. No me gusta la gente que se acerca por tu posición, o por dinero o por interés de algún tipo, sé que es habitual, pero yo no creo en ello. Creo más en la gente sencilla que saben ver más allá de las apariencias, aunque con frecuencia son despreciados y la vida parece que les derrota..., tiene algo profundamente bello. Debe ser la falta de ambición... No sé explicarlo bien, Ruth. También aquellas personas que son capaces de sacrificarse por una persona desconocida o por una causa noble aunque eso no les beneficie... Supongo que no abunda la gente así —contesta Nilda.

El paseo de los príncipes discurre por la parte del palacio que está fuera del alcance de la vista de las jóvenes, que, tras sentarse un rato en una roca, comienzan a descender hacia la casa, mientras Ruth sigue hablando del vestido de la princesa y Nilda, con agrado, le sigue la conversación.

Durante los meses siguientes, gran parte del tiempo que pasan las chicas juntas tiene que ver con las inmediaciones del palacio. Hay, muy cerca del recinto, una estancia grande que hacía de escuela de escribas, donde asisten unos niños, casi todos de la realeza, junto con unos profesores. Al principio, a Nilda le sorprende ver a los niños cómo acuden y pasan todas las mañanas en el lugar. Aprenden las escrituras ugaríticas, así como el acadio, cuyos símbolos plasman sobre las tablillas. Los niños, escogidos entre familias que luego formarán parte de la estructura del estado, empiezan sus estudios a partir de los siete años. En algunas ocasiones, también reciben lecciones de otras materias, aunque su principal objetivo es la escritura. Los símbolos que practican se cuentan por miles. Nilda conoce de vista a todos los niños y sus maestros, los ve pasar muchas veces cuando, andando con Ruth, esta se acerca tanto al palacio que los guardias la tienen que echar.

Uno de los días que la metalurgia está forjando, se acerca uno de los maestros. Es muy joven y quiere saber si es posible hacer una sesión de forja para los niños en la escuela. Por supuesto, la chica acepta encantada. Esa misma tarde, Aníbal, Ruth y ella se dirigen al centro donde se enseñan las escrituras. La actividad es al día siguiente, pero hay que fabricar antes un horno y a ello se dedican durante un buen rato.

—Ya está secándose, es suficientemente alto y grueso, funcionará bien —dice Nilda.

—Sí —contesta Aníbal, que añade—. Me parece curioso que les quieran enseñar esta actividad.

—Muchos serán encargados de las leyes cuando sean más mayores y los maestros quieren que los niños conozcan todas las actividades —contesta Ruth.

Por la mañana, los tres se presentan en las puertas del aula, que ya ha abierto. Dentro, un grupo de unos quince niños se sienta en el suelo a unos pasos del horno, y, después de que los maestros han anunciado el propósito de la mañana, Nilda y Aníbal explican las propiedades de los minerales que tienen. Solo disponen de un poco de cobre y algo de estaño, de lo poco que les queda. Su trabajo muchas veces es forjar objetos con los materiales que les suministran los clientes, pero ellos no tienen casi los elementos. En Enkomi era diferente, ya que podían ir a recogerlo fácilmente en las montañas, pero aquí en Ugarit no se encuentran afloramientos metálicos.

—Bueno, pues ahora que el horno está muy caliente, metemos el cobre y el estaño. Se debe hacer en una proporción de nueve a uno —explica Nilda.

Los niños están muy bien educados, aunque a la chica celta le parece que detrás de esta educación está un comportamiento muy severo con aquellos estudiantes que no se aplican mucho, y también tiene la impresión de que su educación se deja en manos de personas ajenas a la familia. En el fondo, no desearía haber tenido esa formación cuando era pequeña, y sabe lo afortunada que ha sido al ser educada por su padre.

—¿Cómo es que a las mujeres os dejan ser metalúrgicas? —pregunta un niño extrañado.

Aníbal sonríe, y Ruth espera con expectación la respuesta de Nilda. Pero la chica celta responde con sinceridad:

—Mi padre me enseñó, yo no soy hitita. Pero, aunque las costumbres son diferentes, evidentemente las chicas también pueden hacerlo.

—Y, siendo extranjera, ¿no deberías de acomodarte a las costumbres del país?, aquí estás sometida a nuestras leyes —pregunta otro.

Nilda, está acostumbrada a estas preguntas y no las suele contestar, pero cree hoy que puede dar su opinión.

—¿Se escribía correspondencia entre Ugarit y Egipto en los tiempos de la reina Hatshepsut? Y, en esa correspondencia, ¿los reyes hititas le preguntaban a la faraona si era adecuado tratar con ellos? ¿Si uno de vosotros es rey en Ugarit o en Hatti trataréis con una reina extranjera por el bien de vuestro reino? —pregunta Nilda.

—Claro —contesta el chico.

—Pues yo, hoy, os enseñaré el valor del bronce, cómo diferenciar sus diferentes tipos y cómo saber si uno está bien trabajado o no. Para que, el día de mañana, que tendréis una responsabilidad de Estado, podáis, con ese conocimiento, valorar la mercancía y los mercaderes, así como sus precios cuando llegan a vuestro reino —contesta la chica celta.

Los maestros de los niños callan con prudencia y se admiran de la opinión de la chica.

Al acabar la jornada, la experiencia ha ido muy bien. El joven maestro que habla con los tres chicos les da las gracias y, al acabar, se presenta:

—Me llamo David.

—¿Eres judío, como yo, verdad? —pregunta Ruth.

—Sí —contesta él y sigue—: Muchos judíos son contratados como maestros por la corte. Antes eran más estrictos y venían de Hattusa o de más lejos, como Babilonia. Pero ahora todo está cambiando mucho.

Las chicas coinciden con David con frecuencia y al cabo de un tiempo se asienta la amistad. David les explica que las personas de la corte no se suelen relacionar con el pueblo porque está mal visto, pero en su caso al ser judío no está sujeto a tanta rigidez.

Aníbal y Nilda siguen practicando en secreto cómo fundir acero. Cuando ya tienen el hierro bien purificado y le añaden demasiado carbón, no es mejor que el bronce. Si añaden demasiado poco, también rinde peor... Deben de ajustar bien la proporción... Y lo repiten hasta dominar la técnica por completo. No utilizan ese conocimiento y, aunque saben que hay otros metalúrgicos que sí lo hacen, piensan que es, de momento, peligroso darlo a conocer mucho. Algunas veces, después del trabajo o de practicar con acero, van los dos a la orilla a ver el mar y la luz de la luna. Es un momento especial para Aníbal, que recuerda su ciudad natal, Sidón, no lejos de allí, con un faro encendido para que los barcos se puedan orientar en la oscuridad, parecido también al de Ugarit. Se le vienen encima los recuerdos de su infancia y adolescencia, al tiempo que el ataque y saqueo de la ciudad. La presencia de Nilda le calma mucho y, sin querer comprometerla nada, le coge la mano y no le dice nada. Nilda gira la cabeza para verlo y, en ese momento, ve por detrás de la cabeza de Aníbal una flota enorme de más de cien barcos de Ugarit que se dirigen al noroeste perfilando la costa. Los chicos cuentan ciento veinte galeras de guerra. El espectáculo impresionaría a cualquiera, con las banderas e insignias al viento, las velas infladas y las proas abriendo el mar en surcos mientras avanzan ligeras e imponentes las naves por el mar. Es una expedición en busca de batalla.

—Debe ser la flota al completo de Ugarit —dice Aníbal.

—He oído un rumor estos días, decían en el puerto que sus barcos iban a Lukka a luchar —añade Nilda.

—Yo también lo he oído, y que habían mandado casi todas sus tropas y carros a Hatti, a ayudar a los hititas que están sufriendo muchos ataques —responde Aníbal.

—¿Qué pasará entonces si atacan Ugarit los pueblos del mar ahora? —pregunta Nilda inquieta.

—No lo sé, espero que alguien haya pensado en ello antes de ordenar esos movimientos..., digo yo —termina pensativo Aníbal.

—Aníbal, esto no pinta bien, si las cosas no estuviesen mal, nunca se enviaría a todo el ejército a luchar fuera... ¿Es que esto no va a terminar nunca? —dice Nilda mientras reflexiona en voz alta al tiempo que se pone de pie y vuelve a preguntar—: Hay otro pequeño puerto al sur con algunas embarcaciones, ¿verdad...? Quiero decir, si Ugarit sufriera un ataque por tierra y mar, el puerto principal se colapsaría en seguida y la batalla principal sería allí y en la ciudad, ¿verdad, Aníbal?

—Eso es lo que pasó en Sidón, mis padres murieron en el puerto. Mañana, Nilda, vamos a ver ese pequeño embarcadero —contesta el chico.

A lo lejos van desapareciendo gradualmente las siluetas de los barcos que navegan hacia el sol. No tienen prisa y no usan los remos. La pacífica escena de la flota desentona con la inquietud de los chicos, que no saben si su tiempo camina hacia la vida soñada de los años de juventud o se despeñarán por el desastre de la guerra y la envidia.

Esa noche, cenan todos juntos con la familia siguiendo sus ritos judíos. Ni Nilda ni Aníbal lo hacen con mucha devoción, pero el respeto a las tradiciones les anima a acompañarlos y comparten de paso algo de esperanza y tranquilidad. Nilda ha contemplado, en alguna ocasión, los rituales religiosos del dios Baal en su templo, donde acuden cientos de fieles todos los días. La familia de Ruth le contó una noche que, en los peores momentos de hambre y sequía, los sacerdotes del templo habían forzado a la población a dar en sacrificio a muchos niños para ofrecerlos al dios y que trajese la lluvia. Había visto también la joven judía cómo los sacerdotes movían los brazos de la estatua con cuerdas por detrás y dejaban caer al niño de sus brazos al fuego ante el horror de sus padres. Los reyes, algunas veces, habían prohibido la ceremonia temiendo una revuelta de la población. Entonces, los sacerdotes azuzaban al pueblo contra el palacio por atraer las desgracias debido al gesto de desobediencia contra Baal. Al menos, el dios de los judíos no parecía que requiriese ese tipo de sacrificios y no parecía que compartiera filosofía con los sacerdotes del templo de Baal. Los chicos, a pesar de no ser judíos, se sienten cómodos con la familia y sus costumbres.

La mañana siguiente amanece tranquila y serena. La temperatura es suave y hay algo de rocío en las plantas, que seguro que agradecen. Las nubes parecen anunciar lluvia, con unos altocúmulos bien formados de color rosado que dejan traspasar unos visibles rayos de luz a través de las nubes. Nilda, Aníbal y Ruth salen de casa en busca del embarcadero. Para Ruth, que nunca ha presenciado otra cosa que prosperidad en la rica y multivariada metrópolis, lo que están haciendo esa mañana es simplemente una bonita excursión. Para Nilda, es un… nunca se sabe, pero para Aníbal, que ya ha probado la hiel del saqueo, esa marcha al pequeño embarcadero al sur de Ugarit es una misión de reconocimiento del terreno para cuando eso llegue. Al cabo de un rato, los tres están en el pequeño puerto. Se encuentra en una cala protegido por una ensenada natural, donde apenas hay una docena de barcos mercantes y de pesca atracados. Después de bajar desde un acantilado, pasean por la orilla y saludan a los dueños de los barcos y preguntan si alguna vez realizan viajes a Egipto o a Libia.

—Solo en muy raras ocasiones, cuando vendemos algo valioso, si no, no nos compensa el viaje ni la fatiga…, pero estamos haciendo algo de preparativos por si acaso… que los tiempos corren raros —contesta un marinero mientras recoge un cabo que acaba de soltar de su embarcación.

Ruth se pasea con alegría viendo los barcos y jugando a qué barco elegiría si tuviese que viajar.

—Yo, para ir a Egipto, cogería este que tiene remos y todo, y las velas con rayas —contesta la joven judía animosa.

Durante las semanas siguientes, hay rumores constantes de que las ciudades del interior de Hatti están siendo atacadas o saqueadas presas de revueltas, así como noticias que hablan de que parte del ejército ugarítico ha recibido la orden de regresar temiendo que un brazo del ejército enemigo de los pueblos del mar y aliados se ha descolgado y se dirige a Ugarit. Al parecer, los gobernantes de la ciudad han pedido ayuda a sus ciudades aliadas, así como a toda nación que pudiese llegar en su auxilio, pero la ayuda no llega de momento. Su flota también está avisada, pero sus generales discrepan sobre si seguir castigando a los barcos y puertos lukka o volver, demorándose gravemente. Mientras tanto, el comercio parece igual de intenso, como si supiese que, aunque el mundo se pudiese hundir, siempre se podría vender un producto exótico más, otro medicamento curalotodo nuevo o los servicios de artesanos o videntes. Para mucha gente, lo mismo daba vender naranjas que esclavos, al final, se reducía todo a negocios. Para la familia de Ruth, no es así. Sin embargo, su mundo y el que habían conocido sus abuelos está a punto de terminar después de siglos.

—David, el maestro de la escuela de escribas, nos ha dicho que la ciudad prevé un ataque de inmediato, han pedido ayuda a todo el mundo. También a su flota. Han recibido una respuesta de Carchemish. Una columna del ejército hitita viene hacia aquí en su auxilio. La situación debe de ser muy grave porque muchas familias de los niños escribas han abandonado la ciudad yendo hacia el sur —explica Nilda una noche a la familia.

Los siguientes cinco días se ven algunas personas mirando el horizonte, rezando porque los refuerzos de Hatti lleguen a tiempo. Igualmente al mar, esperando sus barcos. La población está en un sinvivir, y la noticia de que la coalición se acerca arrasando pueblos se extiende por la ciudad. Cada casa y cada familia se enfrentan a una de estas tres opciones; esperar en casa y rezar para que llegue el ejército de Carchemish. Huir a lo desconocido por mar abandonando su modo de vida. Finalmente, la tercera opción es esperar que el enemigo sea clemente. La tarde se está acabando y un jinete levanta polvo a lo lejos. Cualquier señal de que alguien se aproxima por tierra se vive con angustia. Es un soldado a caballo que viene del campamento hitita de Carchemish, llega a pocos pasos y un oficial desde lo alto ordena abrir la puerta de la muralla.

El jinete se baja del caballo y espera a que el soldado baje también de por las escaleras. El intercambio de palabras es rápido. Se vuelve a subir al caballo y se dirige al palacio.

Dentro del palacio, las risas y la vida despreocupada de los príncipes se han tornado en nervios y preocupación estos últimos días.

Por fin la nobleza y el pueblo de Ugarit están en compasión viviendo la misma pesadilla.

—¿Tres días…, tal vez dos? ¡La coalición acampa a menos de una jornada de aquí! ¡Están a las puertas de la ciudad! —ruge el rey de Ugarit.

—El ejército de Carchemish avanza a marchas forzadas. Los obstáculos han sido muy numerosos. Hatti está siendo atacada por todos sitios, y el mismo sol está empezando a perecer —contesta el mensajero con calma y estoicismo, y continúa—: La ciudad debe de resistir al menos dos días.

El rey se derrumba en el trono y añade con tristeza:

—¿Y eso cómo se hace? Os hemos mandado todo lo que teníamos para ayudaros. Nuestros barcos pueden no llegar. —Con un gesto, el rey despacha al mensajero mientras que su familia, que escucha en secreto, prepara su equipaje para huir al puerto por la mañana.

Por fin, esa madrugada llueve intensamente, de manera torrencial, y la baja visibilidad impide a los puestos de guardia de la costa tener una visión clara del mar, ya que, además, esa noche hay nubes bajas.

No es posible ver los barcos venir hasta que estén encima, pero sí oyen los cuernos y señales de fuego anunciando la llegada del enemigo por tierra, desde el norte y el este de la ciudad. Es un ataque nocturno. La escasa guarnición del puerto se dirige corriendo al otro lado de la ciudad, la que miraba al interior del continente. En un instante, el mundo cambia. El horror llega.

—¡Nos atacan, a las murallas toda la guardia! —grita el comandante ugarítico en el palacio.

Empiezan los gritos y el miedo.

—Cerrad las puertas, encended el fuego para los arqueros —continúan las órdenes.

Siguen sonando cuernas y empiezan a llamar a la población a armarse. El fortín con armas situado en los aledaños del palacio empieza a recibir voluntarios. Unos pocos centenares armados se preparan para defender la ciudad de miles de soldados de la coalición.

De la ayuda de Hatti, nada saben los voluntarios de momento.

—Baal nos proteja, ¿dónde está nuestro ejército, dónde nuestros barcos? —murmura para sí un viejo comerciante con voz temblorosa.

Asomada a las murallas, la población sin instrucción militar alguna está desconcertada del todo. Muchos se unen a la guardia recién armados con una lanza o una espada. Aparecen a unos cientos de pasos una multitud de guerreros de aspecto muy variado con carros y escaleras que corren hacia la fortaleza. Los arqueros defensores lanzan flechas incendiadas, pero la diferencia de número es aplastante y los asaltantes se plantan en el muro en un instante. La población civil lanza piedras y las jabalinas que les han suministrado, sin mucho acierto. Ahora, mirando desde arriba, se ven perfectamente las caras de los asaltantes. Muchos van vestidos como los micénicos, otros pelesets también hay lukka y sherdens, todos ellos intentando subir por las escaleras y al tiempo derribar las puertas que aún resisten. La mayoría de las escaleras son volcadas por los defensores que saben lo que ha pasado en otras ciudades que fueron asaltadas.

—¡Por Baal, tenemos resistir, los refuerzos hititas están a dos días de aquí! —grita un oficial, animando a la población.

Ugarit es mucho mayor y siempre han tenido la esperanza de que, o por sus riquezas o por el ejército o por la flota de la que disponen, eso no llegaría a pasar. Sin embargo, el engaño de la coalición ha funcionado y los consejeros del rey Suppilumiuna II han errado, y ahora la poderosa ciudad está indefensa, a merced solo del valor de la población y poco más. A pesar de ello, no están dispuestos a ponérselo fácil a los atacantes.

Se cierne la desgracia sobre Ugarit.

Familias enteras excavan agujeros en el suelo y entierran allí sus posesiones más valiosas con la esperanza de salvarlas y recuperarlas algún día mientras cogen lo imprescindible e intentan huir por alguna de las puertas de la muralla, pero están todas cerradas e imploran que les dejen salir. Corren de una puerta a otra, pero ellos mismos se dan cuenta de que detrás de cada puerta están los hombres de la coalición de naciones intentando echarla abajo. De pronto, alguien grita:

—Barcos enemigos, vienen a cientos.

El pánico se apodera de la ciudad, todo el mundo está fuera de sus casas y las mujeres con sus hijos se agolpan en las puertas sin saber a dónde dirigirse.

—Están quemando los navíos mercantes —grita otro.

—¡Nos han abandonado, nos han abandonado! —gime un mercader rico que nunca pensó que esto llegaría y entiende que las riquezas no pararán la sed de sangre de los enemigos.

Desde el lado del puerto, desembarcan también soldados que se suman al ataque y comienzan el saqueo del puerto. Se avistan también unas pocas embarcaciones que han podido huir, ya que se encontraban en el puerto cuando empezó el griterío.

La puerta de acceso al puerto no resiste. En ese lado, no hay casi defensores y los soldados de la coalición escalan con cuerdas y ganchos los muros, al tiempo que sus compañeros abren las puertas. Entran en tropel, corriendo, luchando y quemando.

Las puertas comienzan ya a abrirse por toda la ciudad. Mucha gente se dirige a ella, aunque coinciden con los asaltantes que les matan por el camino al intentar huir. Otros corren al palacio a refugiarse dentro de sus muros. La lucha se traslada a las calles. Las viviendas son quemadas, la población es masacrada sin misericordia, los guerreros de la coalición de naciones de pueblos del mar empiezan a apoderarse de las riquezas de cada casa.

Aníbal se ha unido a la guerrilla de resistencia, pero nada se puede hacer. Luchan y, cuando es evidente que todo está superado, corre a por Nilda a la casa. Allí está ella con Ruth. El hogar está en llamas, la familia muerta, solo queda Ruth, que está en estado de *shock*. Corren a lo loco los tres por las calles que se intersecan en ángulos rectos, sin poder escapar, chocando con los demás, cruzándose con los enemigos y luchando con ellos ocasionalmente. Los gritos y el horror continúan, en medio de la carrera, cuando quieren dirigirse a la puerta sur, se encuentran con una formación de soldados ugaríticos con los arcos preparados cortando la calle. Corren hacia ellos y estos abren la formación momentáneamente dejándolos pasar. Detrás de Nilda y los demás, se acercan a la carrera soldados griegos. La guardia ugarítica dispara la salva de flechas que impactan sobre las primeras filas de asaltantes, y vuelven a tensar y soltar otra salva, muchas flechas se clavan en los ladrillos de las casas, otras en los escudos, armaduras y también en los cuerpos de los soldados de la coalición. «Soltad», se sigue escuchando gritar al comandante. Están situados en la calle principal que se dirige a la entrada al palacio. Allí dentro, los príncipes y princesas están muertos de miedo, aceptando lo inevitable. En la calle, sin mirar atrás, Nilda, Aníbal y Ruth oyen de fondo el ruido de las armaduras y espadas de los soldados de ambos ejércitos chocando. Nilda se da cuenta de que una puerta permite una salida momentáneamente.

—¡Por ahí, esa puerta está libre, al embarcadero sur! —grita Nilda.

Salen, huyen bajo la lluvia, los gritos y el pánico, con el alma de la guerra encima de sus cabezas. Corren sin parar, hasta la extenuación, por el monte hasta alcanzar la cala. Han dejado las murallas atrás y siguen corriendo hasta no poder más. Tosiendo, se acercan a las embarcaciones e intentan conseguir sitio. Un comerciante con su familia les deja subir. Se lanzan varias personas al agua y empujan el barco al tiempo que desatan las cuerdas que lo tienen amarrado al puerto.

De pronto, Nilda ve unos niños intentando alcanzar el barco, les grita para que corran y suban, van con algunos muy pequeños y la chica se lanza a ayudarles. Aníbal hace lo mismo y Ruth se queda en el barco. Unos soldados sherdens se les echan encima y Aníbal grita a Nilda para que vuelva al barco. Los niños llegan y suben. Aníbal lucha con los soldados. Otro sherden corre a por Nilda, que huye hacia la embarcación, pero el soldado la derriba. Nilda lucha por su vida y le lanza un puñetazo que el guerrero esquiva al tiempo que sujeta los brazos de la celta.

La chica está dispuesta a morir antes de ser forzada, y entonces le ve la cara. Es Persio.

—Asesino —le espeta la chica.

—¡Nilda, para ya, para, para! —grita Persio.

—¡Suéltame, no me toques, no me da miedo morir! —Sigue la chica forcejeando con furia.

—Nilda, escucha, trabajo para el faraón… Soy oficial del ejército egipcio. ¡Estoy infiltrado en la coalición! —grita Persio.

En ese momento, todo parece que se para, el tiempo y el ruido. Persio tiene lágrimas en la cara, suelta a la celta y le dice con una calma que resultaría imposible en esa situación para alguien no acostumbrado a la guerra:

—Este es el mapa donde están los movimientos de tropas de la coalición, los planes de invasión de Egipto. Mi enlace ha muerto. Te he buscado. Llévalo en persona a Ramsés y sus generales, a nadie más. Hay espías en todas las cortes. A nadie se lo enseñes. Estos demonios van a por nuestra tierra y no se detendrán. Hatti está a punto de caer entero, el mundo se derrumba, Nilda —dice Persio.

Le da el pergamino enrollado y le dice mirándola a los ojos:

—Defiéndelo con tu vida, Nilda, mucha gente ha muerto y muchas desgracias han ocurrido para conseguirlo. —Y añade con sinceridad—: Eres una chica increíble, afortunado quien tenga tu cariño.

Nilda está helada, solo acierta a decir:

—Yo… no sabía, no me parecía que fueras como ellos, pero tu armadura… Yo… lo siento.

—¡Corre, Nilda, sube y escapa a Egipto, usa tu sello! —apremia Persio.

Nilda corre al barco y grita a Aníbal, que está luchando

—¡Aníbal, vamos!

En ese momento una lanza atraviesa el costado del chico, que queda en el suelo tumbado.

—Noooooo —grita Nilda, al tiempo que los marineros de la embarcación tratan de subirla al barco a la fuerza.

—¡Soltadme, dejadme morir aquí con él! —suplica Nilda.

La chica hace todo lo posible para quedarse con Aníbal. Los marineros la lanzan al interior del barco. Ruth la abraza. El mundo se derrumba para ella.

La lluvia ha cesado, la ciudad arde completamente con unas llamas inmensas, aún no se sofocan los gritos de horror. Ahora la nube que se forma encima de la urbe no es de lluvia, sino de humo negro, y lo acompaña el olor a muerte. El infierno en Ugarit no se ha acabado. Lejos se ve llegar a la flota de la ciudad con las velas infladas y remando con fuerza… Para cuando alcancen las galeras la ciudad, habrá poco que salvar.

Nilda llora inconsolablemente todo el camino. Ahora repara en lo importante que era Aníbal para ella. Saltó de la barca para defenderla. Sigue llorando sola, Ruth también llora por su familia. Las dos chicas nunca olvidarán este día.

Sienten que lo han perdido todo, ni siquiera salvar su vida las consuela.

Pasan las semanas en el mar. La tripulación está muy inquieta porque las rutas ya no son seguras, y creen que en cualquier momento puede aparecer una vela por el horizonte que los asalte. Vigilan todo el día y por la noche en la oscuridad. Nunca encienden una tea. Cuando al principio divisan velas, les entra el temor, que no se disipa hasta que el otro barco desvía su trayectoria o hasta que están lo suficientemente cerca como para distinguir un mercante. Nilda, afortunadamente, se va recuperando a pesar del dolor. Aún no ha asimilado los acontecimientos, pero mil veces se ha arrepentido de su viaje y llora por las noches esperando que su padre la consuele…, pero su padre no está.

El mar, ahora, se ha convertido para ella en una infinita barrera infranqueable.

—Juro que me vengaré de estos demonios. Pobre Aníbal —murmura consigo misma mientras desenrolla el pergamino y lo mira. Lo ha llevado dentro de su vestido dispuesta a entregarlo correctamente o morir en el intento. Ahora lo abre. En el centro del mismo está el mapa de las naciones, con el mar y dibujadas unas líneas del movimiento establecido de tropas participantes y los lugares donde se prevé la invasión, tanto por tierra como por mar. La parte inferior es una relación de números y cantidades aproximadas de las fuerzas de la coalición. Naciones que participan, buques, carros, hombres, caballos, armaduras, puntos de aprovisionamiento. También características de los barcos y armas. Todo con bastante precisión. También están detallados los pueblos y ciudades que aún no han caído y que están en la estrategia de la coalición como objetivos inminentes y que deberían de constituir puestos de avanzada desde donde la coalición prepara sus ataques. Finalmente, también está fijado el lugar y la fecha aproximada de la reunión final del Estado Mayor de los pueblos del mar para la coordinación final de la invasión. Será en Amurru, cerca de la frontera entre Hatti y Egipto.

Nilda lo vuelve a enrollar, mira a los lados y lo vuelve a guardar en el vestido. «Tenemos que pararlos, tenemos que pararlos...», se repite para sí misma como si fuese un mantra.

El viento es favorable, el tiempo también. Han coincidido con otros barcos, seguramente refugiados como ellos.

—Después de Ugarit, no parece que el ambiente anime mucho al comercio —dice Ruth, y continúa con timidez—. Nilda, me dejarás ir contigo cuando lleguemos a Egipto, ¿verdad?

—Ahora somos familia, Ruth, donde yo vaya tú siempre tendrás sitio. Bendita sea tu familia que nos acogió cuando no teníamos nada. —Y abraza a la joven judía con todo su cariño.

—Costa a la vista —anuncia el dueño del mercante que también hace los turnos de vigía cuando le toca.

—Egipto... Gracias, Señor. Estamos salvados —anuncia Ruth.

«No lo sé..., ya no sé lo que puede ocurrir, pero al menos conoceré la tierra de la que tanto me habló mi padre», piensa Nilda para sí misma sin pronunciar palabra y con la esperanza y la responsabilidad a flor de piel.

«Cuando tu mensaje llegó (animándonos a resistir hasta recibir la ayuda de Carchemish), el ejército había sido humillado, y la ciudad, saqueada. Nuestra comida en los almacenes fue quemada y los viñedos también destruidos. Nuestra ciudad está saqueada. ¡Tienes que saberlo, tienes que saberlo!».

Última carta del archivo de Uternu, Ugarit.
Hacia 1185 a. C.

VIII. EGIPTO 1181 A. C.

«Las naciones extranjeras conspiraron en sus islas. Todas las tierras fueron aniquiladas a la vez. Ninguna pudo resistir a sus ejércitos. Hatti, Carchemish, Arzawa y Alesiya fueron destruidas. Organizaron un campamento en el sitio de Amurru. Desolaron a su gente y la tierra estaba como si nunca hubiese existido. Venían todos hacia Egipto, mientras se preparaba la llama antes de ellos. Su coalición eran los pelesets, tjerker, shekelesh, danunas, (Micenas), sherdens y weshes. Todos unidos. Dejaron sus manos sobre el terreno a lo largo del circuito de toda la tierra. Sus corazones tenían fe y confianza».

Inscripción de Ramsés III en las paredes
del templo de Medinet Habu, 1177 a. C.

Los refugiados acaban de llegar, Nilda, Ruth y los demás pisan suelo egipcio. Desde hace varios días, llegan embarcaciones desde Ugarit a la costa del pequeño pueblo egipcio y el aspecto de los inmigrantes es lamentable. No solo su marcha fue de lo más forzada posible e improvisada, sino que, además, el viaje en sí mismo es largo y peligroso. Llegar al puerto cuando la mayoría de los barcos no tenían agua suficiente y provisiones para completar el viaje era una aventura que podía costar la vida. Dependían de la pesca y de la poca agua que llovió en el camino. Algunos buques tuvieron que desviarse y llegarse a la costa antes de lo previsto. Otros barcos, al parecer, también fueron alcanzados por naves micénicas que habían quedado rezagadas de la formación inicial de ataque.

Las gentes del puerto se acercan a auxiliar a los recién llegados. Les llevan agua y panes ácimos como tortas, que la tripulación entera devora. Nilda es la única que sabe hablar egipcio. Aunque casi todo el idioma lo ha practicado con su padre, la lengua le resulta natural y se expresa con fluidez. Ella es la primera en pedir auxilio para todos y, en cuanto se siente más repuesta, pregunta:

—¿Dónde está el faraón?, ¿dónde vive?

—¿Dónde vive el faraón?, ¿estás preguntando eso, chica? —contesta un hombre del grupo que los está auxiliando.

—Sí —contesta Nilda, cuya pregunta le parece lógica.

—Ja, ja, ja, ja, ja... Pues... en su palacio creo yo..., o con Ra, digo yo... ¡No con nosotros, mortales...! Ja, ja, ja —ríe sanamente el hombre que piensa que la chica ha llegado al límite de sus fuerzas y el sol del mar le ha afectado a la cabeza. Añade—: Tumbaos debajo de las palmeras a la sombra y bebed agua, estáis todos muy extenuados... Luego, chica, veremos si Ramsés pasa por aquí en un rato —suelta con ironía aunque sin mala intención.

Nilda entiende la situación y se tumba debajo de las palmeras a sentir el mundo quieto sin la zozobra del barco. Ruth, a su lado, no dice nada, está totalmente agotada. Después de un buen rato, se acercan unas mujeres con dátiles y más pan. Está oscureciendo en el pueblo costero. Nilda ya empieza a darse cuenta de que, si la temperatura es alta cerca del atardecer y en otoño, los veranos deben de ser insufribles. Llega la noche y les ofrecen un pajar para pasar la noche. Allí hay más refugiados que no entienden la lengua de la zona, pero Nilda, con su aspecto tan poco egipcio, puede escuchar las opiniones de algunas personas del pueblo que forman un pequeño grupo, que comentan la situación, sin llamar la atención.

—No podemos acoger a todos los barcos, esta gente tiene que encontrar un sitio, o que se vaya a la frontera con los libios —dice un hombre.

—Están mal, si los echamos ahora, puede que en los otros pueblos hagan lo mismo y terminen expulsados al desierto, muertos, ya sabéis —contesta otro.

—No son vagabundos, solo han sufrido una desgracia, tenemos que ayudarles —habla una tercera—. Podía haber pasado aquí.

—No están en su tierra, que se busquen otro sitio, hoy les hemos ayudado; mañana, adiós —contesta una egipcia muy joven.

—¡Qué vergüenza! Si te oyese tu padre…, ¿es que no sabes que al necesitado hay que ayudar? Acaso eres un adorador de Baal —recrimina una mujer a la joven que parece ser su hija.

—Están mal, hay que ayudarles…, ¿os podéis creer que me ha preguntado una de ellas dónde vive el faraón? —cuenta otro.

Se empiezan a reír en grupo.

—A mi casa creo que no ha venido Ramsés —ríe a carcajadas otro más.

Nilda sigue escuchando. Está mucho más repuesta, pero es tarde y a ningún sitio puede ir ahora; decide esperar a la mañana para cumplir su misión. Se acurruca con Ruth y esta le dice:

—Nilda, a partir de mañana, enséñame egipcio. Yo quiero poder vivir aquí, contigo —dice la joven mientras llora un poco, como cada noche después del ataque a Ugarit.

—Claro que sí, a partir de mañana, te empiezo a enseñar —responde la celta abrazándola con más fuerza.

Esta noche, después de meses de nervios, pueden dormir con tranquilidad, sin miedos.

—Como en Enkomi —… y un mal recuerdo la asalta: «pero sin Aníbal».

Al amanecer, las chicas están bastante bien. Las dos se acercan a un pequeño riachuelo y se lavan lo mejor que pueden. Nilda está de mejor humor e intenta que Ruth vaya recuperándose de la pérdida de su familia.

«Si es que una perdida así es recuperable de modo alguno», piensa y a continuación le dice a Ruth:

—Tenemos que ponernos lo mejor posible, ya sabes que dicen que las egipcias son muy presumidas —dice con tono de cariño y algo de coquetería un poco fingida para animar a la joven Ruth.

Ruth sonríe.

Las chicas, que apenas llevan una pequeña bolsa de trapo que siempre tienen con lo imprescindible, se ponen en marcha al puerto y encuentran otra vez al mismo hombre por el que preguntaron acerca del faraón. Nilda cree que debe de ser un trabajador habitual del puerto. Se le aproxima con determinación aunque sin perder la educación que le enseñó su padre.

—Buenos días, quiero agradecerle en nombre de toda la tripulación la ayuda que nos prestaron ayer. No lo olvidaré. Ciertamente, como se imaginan, venimos de un infierno difícil de creer. Tengo un mensaje que debo llevar al faraón si no quieren sufrir este mismo infierno en su casa, como ha pasado en tantas ciudades ya. Buen hombre, entiendo que crea que el sol me ha afectado y no pueda razonar, pues mi historia es complicada. Nunca he estado en Egipto, pero le suplico que me indique lo que ayer le pregunté, pues el mensaje es referente a la guerra y es de la mayor importancia.

El egipcio está impresionado por lo educado y contundente de la súplica de Nilda y decide creerla.

—El faraón es Ramsés III, ha trasladado la corte a Pi Ramsés, con sus consejos y generales. Cree que así está más cerca de la costa y puede manejar mejor sus asuntos que desde Menfis. Este pueblo está a una semana en camello al oeste y hay que conocer el camino o te perderás.

—¿Cómo puedo alquilar un guía y unos camellos para mí y mi acompañante? Puedo pagarlo con mi trabajo. De una manera decente…, soy metalúrgica, no me juzgue por mi aspecto. Sé trabajar todo: bronce, plata, hierro o acero. Mi padre es un metalúrgico egipcio reconocido y me enseñó. También he estado más de dos años en el centro de metalurgia de Enkomi, formándome en todo tipo de encargos —pregunta Nilda.

El egipcio, a estas alturas, viendo a la chica decidida, le dice:

—Creo que, si trabajas unos días con el orfebre del pueblo, conseguirás lo suficiente para llegar. Necesita personas cualificadas... Algo más... estamos construyendo unos nuevos barcos por encargo del faraón... Tal vez tenga que ver con tu mensaje... Te llevaré al orfebre, sígueme.

Según caminan por el pueblo, Nilda va apreciando más los detalles. Parece ser un puerto predominantemente pesquero. En absoluto es como las ciudades en las que ha estado estos años. Hay comercio en el puerto, pero muy local. Las casas son cuadradas con paredes de adobe lisas. Hay un arroyo cerca que desemboca en el mar cuyo caudal es suficiente para abastecer a la población. Se aprecian pozos con roldana que, al parecer, la gente usa, además, para regar las huertas y los animales. Nilda nunca había visto tantos camellos. La primera vez que vio uno fue en Ugarit y le pareció un animal inverosímil. Ahora, la visión de un grupo de ellos con el desierto de fondo le hacía trasladarse mentalmente a los cuentos de su padre a la luz de la hoguera. Está empezando a darse cuenta de que Imhotep no exageraba cuando hablaba de estos mundos. Mientras se dirigen al orfebre, puede distinguir en un extremo del puerto algo que recuerda a un astillero con bastante gente trabajando en unos andamios donde se estaban diseñando una nave con una torre doble en la popa cuya misión es albergar arqueros. Evidentemente, es una galera de guerra. La proa es baja y dispone de un saliente de bronce de forma rectangular a modo de ariete. Hasta entonces, nadie ha visto naves con esa forma, diseñadas para embestir a otro buque.

El taller del orfebre es bastante humilde, consiste en dos habitáculos unidos sin paredes interiores que se sitúan detrás de una especie de mesa larga con cajones donde guardaba las joyas y adornos de metal, normalmente oro, plata y bronce que vendía a la gente de los pueblos de los alrededores y algunos comerciantes de la costa que luego revenderán.

Nilda habla un rato con el orfebre, que se interesa bastante por el trabajo de la chica. Después de que le pidiese fabricar un brazalete con bronce, el dueño del negocio accede a contratar a Nilda hasta que pudiese pagar su viaje a Pi Ramsés. El trato consiste en fabricar y dar forma a varios encargos que tiene atrasados y, además, adelantar trabajo para los meses próximos.

Los días siguientes, Nilda trabaja a destajo. Día y noche. Tiene prisa en ponerse en camino y no puede perder tiempo en el pueblo, pero sin el transporte adecuado es imposible. Ella y Ruth se quedan a dormir en un habitáculo que hace de habitación en la parte trasera de la casa del dueño del negocio. No es precisamente lujo lo que tienen, pero están agradecidas por el ofrecimiento.

El orfebre es paciente y no parece tener prisa. Además, la compañía de la chica le resulta agradable, por eso le encarga trabajos para bastantes semanas y le dice que, si lo cumple todo, él le dará lo prometido. Nilda termina en menos de diez días, que además se le han hecho interminables. Cada día trabaja desde antes de la salida del sol hasta bien pasada la puesta, y normalmente sigue por la noche, fundiendo, forjando, retorciendo y martillando. Está agotada, pero la misión que tiene que llevar a cabo la impulsa a terminarlo con celeridad, aunque también con precisión. Nunca el orfebre ha tenido un ayudante así, en su vida. Propone a Nilda que se quedase con él, pero no acepta, a pesar de que las condiciones del trato son buenas, ella ya no está allí para aprender orfebrería. Además, le gusta más hacer herramientas que adornos. Declina la oferta y con sincero agradecimiento se va con Ruth a buscar guía y camellos al puerto.

No es difícil encontrar lo que busca en el tiempo que tarda el sol en meterse, pero el guía, un chico bastante joven, no puede emprender la marcha hasta la noche del siguiente día, y, con cada minuto que se retrasan, las chicas se impacientan más. Nilda por cumplir la misión, se lo ha tomado como algo personal después de lo que ha pasado en Ugarit, y Ruth también pierde la paciencia más que nada por solidarizarse con su amiga. Finalmente, Ahmed, el guía, les hace una señal y, con un poco de ayuda, inician los tres la ruta. Para las chicas, en condiciones normales, sería gracioso el camino en camello, pero las circunstancias que han vivido recientemente las hacen permanecer más serias. Andan un buen camino siguiendo el oeste, hasta que, al anochecer, Ahmed, que al principio ha estado muy callado, les dice a las chicas que él prefería caminar al alba y al atardecer; explica que durante el día la temperatura es demasiado alta, y por la noche él no tiene suficiente experiencia como para no desviarse del camino. El chico habla egipcio casi siempre, pero, como ve que Ruth no lo entiende bien, la habla en acadio. Idioma que Nilda no conoce aún. De esta manera, para tener una conversación los tres, tienen que hablar al menos en dos idiomas y usar también las manos. Después de una larga marcha, se bajan de los camellos y empiezan a montar dos pequeñas tiendas que habían alquilado. Ahmed va a dormir en una y las chicas en la otra. Ruth está terminando de montar la tienda cuando se queda mirando el anochecer del desierto.

—Nunca había contemplado esta belleza. Algo tan hermoso debe de tener un misterio, algo así no puede ser casualidad —susurra Ruth para sí misma.

—Yo estoy acostumbrado, pero un día llevé a un viajero de fuera que decía que la brisa ardiendo, el sol y la dureza del desierto es lo que da sentido a este momento de silencio tan hermoso y que, si se hubiese quedado en su rica hacienda rodeada de jardines y sirvientes, nunca lo habría conocido. Dijo que jamás lo olvidaría —explica Ahmed, que continúa—: Era un buen hombre, un comerciante que vivía en Ugarit.

—Ojalá mi vida no termine con lo que nos pasó allí —contestó Ruth.

—Me he enterado de lo que ha acontecido allí. Sois muy valientes… Aquí, Ruth, también puedes empezar una vida nueva. ¿Por qué es tan importante llegar a Pi Ramsés? —pregunta Ahmed.

—Nilda tiene un mensaje para el faraón, es sobre la guerra.

Ahmed abre mucho los ojos y se queda completamente alucinado.

—¿En serio? ¡El faraón!… Ahora sí que me parecéis valientes.

—Nilda sí que es muy valiente, salió desde más lejos que Tarsis, en la península donde acaba el mar por el oeste…, y es muy trabajadora.

—Las chicas que conozco egipcias, tan guapas como ella, ni te dirigen la palabra, pero esta parece distinta —sentencia Ahmed.

—Tenía un amigo muy íntimo, lo mataron los sherdens al protegerla mientras escapábamos del puerto. También ha sufrido lo suyo —relata Ruth.

—La gente mata en las guerras por cosas que muchas veces no te darán lo que sentiste al ver el anochecer sobre las dunas —termina el chico egipcio.

—¿Cuántos años tienes, Ahmed? —pregunta Ruth.

—Dieciséis, ¿y tú?

—Iba a mentirte y decirte quince, pero la verdad que he cumplido catorce hace poco —confiesa con sencillez al chico egipcio.

Ahmed responde con una mueca de sonrisa y añade:

—Nilda viene, deberíamos de descansar, nos quedan al menos cinco días para llegar.

La expedición por el desierto discurre bien gracias a la agradable compañía de Ahmed, que no para de hablar. Incluso consigue que las chicas se rían en alguna ocasión. Cada noche es un momento de reencuentro con el diálogo de sus compañeros, sus sueños y miedos. Los tres son suficientemente jóvenes y no les cuesta escuchar a los demás. Allí, en la inmensidad del desierto y de su silencio, los dos inmigrantes empiezan a curarse de las heridas que llevan por dentro. Esos seis días son para las chicas los mejores de mucho tiempo. Para Nilda, desde los días con Aníbal en Enkomi. Para Ruth, desde que era muy pequeña.

Llegando a las inmediaciones de la ciudad, los camellos se adentran poco a poco en la civilización monumental. Es casi mediodía, y Ahmed ha intentado acortar el viaje todo lo que ha podido, porque las chicas se lo habían pedido, a pesar de que los tres lo estaban pasando bien. Al despedirse los tres se ponen muy serios y el chico egipcio dice:

—Chicas valientes, hemos llegado. Allí está el palacio del faraón, siguiendo esta avenida. Ha sido una semana inolvidable para mí, espero que nos volvamos a ver —dice Ahmed.

Las chicas le abrazan fuerte, cosa que el egipcio no está acostumbrado, aunque le gusta. Primero Nilda y luego Ruth, que contesta:

—Ojalá nos veamos de nuevo, eres mi primer amigo aquí, ya tengo dos cosas de esta tierra que no voy a olvidar, el anochecer del desierto y a ti. Ha sido un viaje medicinal para nosotras, Ahmed. Haré por volvernos a ver —contesta la chica judía y añade—: Mi padre estuvo varias veces en los pueblos de la costa en Egipto, pensaré que tal vez fue el viajero que llevaste y vio lo mismo que yo.

Las chicas continúan por la avenida ya sin camellos. Es otra vez una ciudad impresionante, alejada del pueblo también del desierto y también de la belleza que lo caracteriza. Las casas están alejadas del camino por el que avanzan las extranjeras y a ambos lados hay una hilera de esfinges con una tea encendida. Dividiendo el camino hay unos pequeños jardines con palmeras que están repletas de dátiles. El palacio no está amurallado, pero, antes de subir unas escaleras, unos soldados negros con robustas armaduras les cortan el paso. Parecen ser parte de la guardia personal del faraón que protege el palacio. Nilda está tan decidida que no tiene sensación de miedo ni duda, algo que, en cambio, sí experimenta Ruth, que le parece volverse muy pequeña en una situación tan extraordinaria.

—¡Vosotras, fuera de aquí, volved a vuestras casas! —les ordena con desgana uno de los guardias.

—He venido a ver al faraón, tengo un mensaje para él —replica Nilda.

—¿Qué dice esta mujer?, ¿ver al faraón? Ja, ja, ja, ja, ja —se ríe otro de los guardias.

—El mensaje es de la mayor importancia, es un tema de guerra —insiste la celta.

—¿Por qué no vas a ganarte la vida a puerto y nos dejas en paz? —le espeta el primero.

—Tengo un mensaje de un oficial infiltrado en la coalición, su enlace murió y yo estaba en un barco que salía de Ugarit cuando fue incendiado, no me iré sin dárselo personalmente. He venido de muy lejos porque es un asunto de enorme trascendencia.

Uno de los guardias empieza a creerla y le dice:

—Danos el mensaje, nosotros lo elevaremos al secretario y de ahí al faraón.

—No puede ser, el oficial insistió mucho en que se lo entregara al faraón y a sus generales. Me dijo que hay espías infiltrados. No lo haré así. —A continuación, Nilda saca el anillo que le dio su padre con el sello del faraón

El soldado que parece estar al mando del grupo de guardia reconoce el sello de inmediato y da una orden al resto, que mantienen la formación impidiendo el paso de las chicas. Entonces, entra en el palacio subiendo unas escaleras y gira a la derecha. Al cabo de un rato, sale con otro soldado, que parece ser un oficial, y se acercan a la chica.

—Entra sola. Nos seguirás hasta hablar con uno de los consejeros. Si él quiere, te presentará al secretario. Si esto es una broma, lo pagarás caro.

—Bien, de hecho, si no lo entrego, tal vez lo paguemos todos caro algún día —responde Nilda y a continuación pregunta—: ¿Qué pasa con mi acompañante?

—Esperará en el cuerpo de guardia, dentro del palacio. Un soldado la llevará.

—Bien —dice Ruth, que está un poco asustada aunque bien dispuesta.

Entran las chicas, una a la derecha al cuerpo de guardia, la otra sigue recto, ascendiendo por otra escalera de anchura extraordinaria. Nilda va acompañada del oficial de la guardia y de otro soldado. Llegan a una puerta enorme que da a un camino que parte un jardín de flores por el centro con grandes estatuas en filas rectas a los dos lados de dioses egipcios. Al final, se encuentra una estancia que tiene otros dos guardias cerrando el paso. El oficial saluda y entra en la habitación. Tras un rato, sale acompañado de un hombre de avanzada edad que saluda con simpatía a Nilda.

—Dicen que tienes un mensaje de la guerra. ¿Por qué no pueden llevarlo si no es en tu presencia? —pregunta el anciano.

—El oficial infiltrado insistió mucho en ello. También me dijo que en todas las cortes había espías. Que solo confiase en el faraón y su círculo de orden próximo. No puedo.

—Podríamos obligarte a dárnoslo —dice el anciano.

—Sí, pero no sabríais si, además de lo que me dio, hay algo más. De todas formas, no es el miedo lo que me evitará cumplir mi misión.

—Hablas bien egipcio, pero no eres de aquí, pareces más bien del continente norte, en las tierras del frío. ¿Cómo sabemos que no eres tú el espía?

—Yo solo he venido a dar el mensaje, no necesito participar de la respuesta. Mi padrastro es egipcio. Vivimos en la península de los tartesios. En el interior. Yo llegué con mi familia del continente norte, pero mi pueblo fue arrasado. Mi padrastro, que es metalúrgico, me crio desde que era un bebé —explica Nilda

—¿De dónde has sacado el sello? —sigue preguntando el consejero.

—Me lo dio mi padre, a él se lo dio Merneptah por los servicios prestados —responde Nilda.

El consejero se queda callado un momento y, de pronto, dice:

—Tu padre es Imhotep —afirma el anciano egipcio.

—Sí —contesta Nilda.

—¿Cómo está, encontró lo que buscaba? —pregunta el consejero con una sencillez que denota amistad.

—Creo que sí, somos muy felices allí, ojalá estuviese en mi patria —dice Nilda.

—Está bien, ya tendremos tiempo de hablar de buena gente. Estás de suerte, el faraón está aquí. Creo que te recibirá en el salón. —Se dirige ahora a los soldados y les ordena—: Llamad al secretario, que acompañen a la chica al salón real.

La chica se queda en presencia del consejero un rato mientras tres soldados van a buscar al secretario. En breve, se presenta un hombre joven con una túnica roja que saluda al consejero y a la chica y dice:

—Chica mensajera, acompáñame, no mires al faraón a los ojos ni le hables a no ser que te pregunte. Te situarás detrás de mí a no ser que él te pida que te acerques. Puedes portar aquí el sello que te dio tu padre si lo deseas.

Nilda, el secretario y tres guardias continúan el recorrido por un pasillo de techos muy altos cuya pared derecha es una especie de terraza desde donde se divisan diferentes jardines y estancias, algunas custodiadas por guardias y otras no. Hay un olor a incienso en el aire. Las paredes tienen inscripciones jeroglíficas y, cada diez pasos, hay teas encendidas a pesar de que la mañana las hace innecesarias. El grupo alcanza unas puertas decoradas con oro, y guardadas por soldados. El secretario abre la puerta y accede a la sala del trono. Es muy luminosa. Con terrazas altas a los dos lados. Allí de pie, junto a una de las terrazas, está un hombre de edad mediana que porta la corona del Alto y Bajo Egipto. Escuchando a un escriba que le repite al faraón lo que acaba de escribir. Es una carta para los reyes de Hatti.

—Bien, eso es todo, retírate, y que lo manden con la mayor brevedad —ordena el faraón.

El secretario se acerca y dice:

—Señor, esta mensajera tiene un mensaje de la guerra, porta el sello real. El consejero ha juzgado que sería interesante que la escuchaseis.

El faraón hace un gesto rápido con la mano, los guardias dejan paso y entra Nilda. La chica esta como en un ambiente de ensoñamiento. El secretario y ella se arrodillan en señal de respeto, luego se levantan y con la cabeza mirando el suelo comienza la audiencia. Nilda levanta un poco el cuello, ya que se siente ridícula, y dice:

—El oficial Persio, infiltrado en la coalición, me dio este papiro con los planes de invasión de los bárbaros. —Nilda se lo da al secretario y este se lo acerca al faraón, que lo abre y, con los ojos muy abiertos, lo estudia con detenimiento.

Tras un rato, dice al secretario:

—Que vengan mis generales solo. —Y añade—: Extranjera, ¿por qué no lo trae el enlace de Persio? —pregunta el faraón

—Murió, no sé cómo. Persio me lo dio. Coincidimos en un viaje de Sherden a Shekelesh, vio el sello real que me dio mi padre, que a su vez le fue concedido por Merneptah. Creo que Persio confiaba en mí y yo estaba en el ataque a Ugarit. No debía tener mejor alternativa —contesta Nilda.

—Levanta la cabeza —le dice a Nilda y continúa dando orden al secretario—: Buscad un alojamiento en el ala periférica del palacio, donde están las institutrices, a la extranjera mientras vuelve Persio y lo confirma.

—Tus servicios se te recompensaran si son ciertos los informes, retiraos —termina el faraón.

Nilda sale flotando, le parece que ha sido casi irreal. El camino que ha recorrido hasta el salón del trono le ha parecido una experiencia intensa y hasta misteriosa, se ha sentido abrumada por la majestuosidad, pero el camino de vuelta le parece increíblemente bello y su alma y mente están calmadas. Una agradable sensación de seguridad y del deber cumplido la embargaba. Tras tanto sufrimiento escapando de Ugarit, la muerte de Aníbal, el duro viaje hasta Egipto, el desierto… Todo… Lo ha conseguido. Al menos siempre sabrá que su viaje ha tenido un propósito. Desde luego, esta es una experiencia que contará al calor de la hoguera de su pueblo de la montaña, si es que alguna vez puede volver. Ya tranquila y segura, entra en el edificio del cuerpo de guardia. Hay varias docenas de soldados realizando diferentes cometidos. Ruth está observando desde una terraza los aledaños del palacio, cuando llega su amiga.

—¿Cómo ha ido? —pregunta la chica judía.

—Ha ido muy bien —contesta Nilda—, nos vamos a quedar en unos aposentos que están dentro del recinto —habla todavía con incredulidad.

—¿Vamos a vivir aquí dentro? —pregunta Ruth, esta vez perpleja.

—Eso ha dicho el faraón —dice Nilda, que esboza una pequeña sonrisa que es contestada de igual manera por Ruth, que susurra—: Vivir en un palacio.

—Creo que el verdadero motivo es que los informes son demasiado importantes y se quieren asegurar de que no somos espías hasta que vuelva Persio —explica Nilda.

—Venid conmigo —les ordena una mujer de mediana edad bastante seria y de apariencia estricta—, os conduciré donde está vuestro aposento, las institutrices y cuidadoras de los príncipes viven en ellos. Se os tratará como tales aunque no tengáis sus responsabilidades.

—Gracias —responden las chicas a la vez.

La estancia de las cuidadoras e institutrices es un edificio pequeño donde están tanto sus objetos y ropa como aquellos materiales que necesitan. Allí se encuentran con un grupo de cinco jóvenes que las reciben con amabilidad. Durante los primeros días, las dos chicas intentan ayudar a las cuidadoras en cualquier cosa que necesitan, pero rara vez son de ayuda. Algunas veces, vienen criados y tanto Nilda como Ruth pasan el tiempo paseando por los jardines más exteriores del recinto. Ruth aprovecha todo el tiempo para estudiar egipcio y en poco tiempo logra manejarse con el idioma. A las pocas semanas, la inquietud natural de Nilda la obliga a solicitar al secretario permiso para visitar las fraguas alegando su experiencia y la necesidad de práctica de las enseñanzas de su padre. La excusa funciona bien y todas las mañanas acude a un centro de metalurgia que abastece no solo al palacio, sino que empieza a experimentar con acero. La maestría de la chica celta y lo aprendido en Enkomi con el maestro y Aníbal asombran a los funcionarios de la fragua. En poco tiempo, Nilda se convierte en una especie de consejera no oficial del centro. Allí pasa todas las horas que no está con Ruth y siente que tal vez pueda servir a la causa. Colabora fabricando los espolones de bronce de los nuevos barcos. Es el arma con el que esperan sorprender a la coalición. El papiro de Persio es de gran utilidad, ya que no solamente ya saben los generales egipcios por dónde se producirá la invasión, sino que tienen una idea aproximada del número de efectivos y del ritmo previsible al que se acercaran. Nilda también forja algunas armas de acero, aunque no pasa de ser algo más simbólico, ya que muy pocos saben forjar acero y así no se podría armar un ejército de miles de soldados. Aun así, siempre que puede, enseña a otros metalúrgicos su fabricación. Estos esfuerzos le hacen a Nilda sentirse más ella misma, no como un objeto de decoración. El faraón recibe los informes de la vida de las chicas con agrado. Ruth es ahora una aprendiz de cuidadora, y Nilda colabora con la metalurgia. El general encargado del abastecimiento de armas y materiales tiene una opinión notable de Nilda. El faraón está satisfecho con ello, pero los preparativos para defenderse de la invasión han de aumentar su ritmo. Durante los meses siguientes, Nilda visita varios astilleros donde se colocan los espolones de bronce, en algunos de los cuales ella ha estado trabajando.

—¿Y los barcos no serán más lentos así? —pregunta Nilda al maestro del astillero.

—Los nuestros son más lentos de todas maneras, pero hemos recibido instrucciones de diseñarlos más bien para el río, no creo que luchen en el mar —responde el maestro.

Durante el primer año y medio, no hay grandes noticias. La coalición ha seguido atacando y devastando las ciudades de la costa de Levante como Biblos y Tyro, en territorio egipcio, e incluso han realizado alguna incursión marítima a la costa, al tiempo que han terminado con Hatti, que estaba rodeada de enemigos, salpicada de revueltas y conspiraciones internas. Lo que parecía imposible ha sucedido, y el Imperio hitita ya no existe. Sus ciudades son saqueadas o abandonadas. La población subsiste haciendo una vida parecida a la de antes del saqueo, pero no tienen un reino al que pertenecer. Las noticias son preocupantes para Egipto. El faraón ordena realizar un censo muy estricto para reclutar soldados que se unan al ejército profesional. Al mismo tiempo, se reclutan mercenarios, entre los que también se encuentran algunos soldados sherdens que fueron, tanto ellos como sus padres, fieles a los ejércitos egipcios y cuya forma de lucha es la misma que la de sus hermanos de la coalición que dirige Piras.

Algunas ciudades de la costa se resisten más. También algunos cuerpos del ejército de la coalición se pelean entre ellos, y eso hace que la invasión se retrase, sin embargo, Persio ha hecho llegar un pequeño papiro en el que indica que los planes de ataque se mantienen, pero el número de buques puede aumentar. También indica que algunos cientos de hititas sin rumbo, llevados por el hambre o la desesperación, se han unido a la coalición; la invasión es inevitable. Ramsés pasa largos ratos con sus generales y también supervisando los preparativos. Sabe que solo utilizando todos los recursos de Egipto existe una posibilidad de detenerlos.

Nilda y Ruth se han acostumbrado al protocolo del palacio, se visten como egipcias y la más joven disfruta mucho de estos años, probando perfumes, venidos de todos sitios, que se echan las chicas a diario, y adoptando las costumbres de la ciudad. Nilda la acompaña, en parte porque le gusta y en parte para que Ruth no se sienta sola. La celta parece una princesa cuando pasea por el recinto, nunca pasa desapercibida y alguno de los príncipes que no son de la primera línea primogénita ya le han echado el ojo, e incluso ha tenido alguna proposición, pero su mente está en otra cosa y logra evitar el compromiso. Lo cierto es que la vida del palacio no la hace muy feliz. Cuando se acerca a las forjas, intenta ser más discreta y no llamar la atención. En realidad, preferiría ver más la ciudad, pero las personas que trabajan en la corte no miran con buenos ojos mezclarse con el pueblo llano, y a Nilda el tiempo que pasa en la forja es lo más parecido a la vida real, como ella suele decir. Se siente como si estuviese a la espera de que suceda algo mientras pasan las estaciones y los años. Es aún bastante joven, pero acaba de cumplir veinticuatro años, y en ocasiones se siente un poco desorientada y que tal vez debería casarse y tener una familia, pero para eso preferiría que fuese en su patria natal. Durante el siguiente verano, acaecen nuevos cambios en la vida de la celta.

—¿Viajar al sur como consejera en el trabajo con el metal con una expedición que viaja a varios centros de metalurgia?

—Sí, esa es tu misión para los próximos meses... Es voluntad del faraón, los informes sobre tu conocimiento del metal lo han llevado a pensar que serás más útil así que distrayendo a los príncipes y pretendientes... Prepárate, salís en tres días, no sois la única expedición de control, las han mandado por todo Egipto, el faraón no quiere dejar nada al azar —añade el secretario con frialdad, como general que ordena a sus soldados la disposición en la batalla.

Al atardecer del día, Nilda y Ruth observan la puesta de sol, en silencio, ninguna necesita hablar. La imagen rojiza intensa del sol sobre los canales de los ríos calma la mente de las dos chicas. Finalmente, la judía rompe el silencio y con una sonrisa dice a Nilda:

—Bien, hace tiempo que no haces un viaje tu sola, llevamos años sin separarnos casi ningún día... Te voy a echar mucho de menos. Tú eres lo más parecido que he tenido a mi familia desde lo de Ugarit.

—Lo sé, a mí también se me va a hacer extraño... ¿Crees, Ruth, que las personas necesitan a veces estar solas, aunque sea solo por unos momentos?

—Creo que sí, creo que a solas es como mejor hablamos con nosotros mismos, y eso nos hace humanos... El hecho de hablar con el infinito... quiero decir —responde la joven.

Nilda mira a su amiga, que no aparta la vista del horizonte, y mientras observa el rostro de su amiga añade:

—En mi pueblo, la tradición, y no sé desde cuando viene, es hacer una escultura de la cabeza de los que hemos querido y ya no están con nosotros. La cabeza es alargada, y la boca debajo es más pequeña, está un poco abierta, expresando aquello que no tiene posibilidad de hacerse a través de las palabras. Aquello que nos conecta con lo que es infinito y no podemos entender. En mi pueblo, la creencia es que el alma reside en la cabeza. He visto muchas veces a mi padre contemplar el horizonte, a menudo el valle, con una expresión que ahora me recuerda a ti. Algunas veces, me preguntaba qué era aquello que podía tener mi padre en mente, tal vez las memorias de Egipto y sus paisajes, que ya he visto y que ahora en este viaje seguiré viendo, o tal vez miraba solo el valle, o tal vez disponía su alma para hablar con el infinito. Tal vez, mi padre haya ya muerto y sus amigos hayan hecho una estatua como estela y mire el horizonte, esperando mi regreso… Tal vez nunca tuve que haberme ido.

El día de la partida se echa encima de las chicas en unos momentos. Ruth y Nilda se abrazan como hermanas. La celta lleva un caballo sujeto por las riendas, pero no lo monta, camina a su lado y hace un último comentario de broma a su amiga:

—Esta vez sí que me voy a enterar de lo que es calor.

La primera jornada es corta, y llegan a uno de los centros de metalurgia que se encarga fundamentalmente de fabricar flechas, tanto las cabezas como las astas y las plumas y de ejes para los carros. Nilda se da cuenta de que, en estos centros, se está trabajando a destajo, especialmente por las noches, que parece que alivian el calor abrasador. Siente lástima de los trabajadores, que desgastan su vida para armar un ejército que tal vez no tenga futuro.

Los días pasan y la expedición sigue al sur, a veces a caballo, otras andando, otras a camellos, entre piedras, arena, pequeños puebluchos y noches estrelladas de frío intenso; «lo mejor del viaje», piensa Nilda.

La comitiva, de apenas unas cincuenta personas, camina cerca del Nilo hacia las grandes ciudades, Tebas, Guiza o Heliópolis, corazón del Imperio, que aglutina al núcleo principal del ejército del faraón. Hasta el sur, en Nubia con sus minas de oro. Por todo el país se reclutan soldados, se recaudan impuestos, se almacenan provisiones.

La primera vez que ve las pirámides de Guiza, Keops, Kefrén y Micerinos justo antes del anochecer, le produce una impresión tan profunda que, a pesar de los años y las ciudades y aventuras vividas, le sobreviene una sensación de estupefacción. No le extrañan ahora los relatos de su padre… Incluso cree que se ha quedado corto. No pueden ser humanos los constructores de estas colosales pirámides.

La visión la hipnotiza y tarda un rato en descargar su tienda. En su lugar, se acerca a través del desierto a admirarlas. Quiere tocarlas…, aún no lo puede creer. Las lágrimas se agolpan en sus ojos ante la inmensidad de las construcciones y el recuerdo de su padre. Ahora sí que ha llegado lejos.

Un grupo de sacerdotes pasan cerca de ella y la miran extrañados sin decir nada, y caminan por lo que parece un camino hasta un edificio bajo iluminado en la entrada por unas teas. Nilda lo observa con curiosidad, ya un poco repuesta de la emoción del momento inicial.

La mañana siguiente es intensa, los metalúrgicos enviados desde Pi Ramsés comprueban cada centro, los recaudadores visitan a los gobernadores de las ciudades y los comandantes supervisan el reclutamiento y apagan las quejas y súplicas del pueblo.

«Hasta aquí, en estos confines del mundo, se sigue percibiendo la guerra y el miedo, pocas cosas cabalgan más rápido que el miedo y las noticias de los reinos caídos», piensa Nilda, que apenas ha intercambiado unas palabras con sus compañeros de viaje.

Además de los centros de forja y metalurgia, Nilda tiene que visitar las minas donde se extrae el mineral. En Egipto, ni las minas de cobre ni de estaño abundan, no le extraña que organicen expediciones hasta Tarsis para comprarlo. Incluso, en ocasiones, los egipcios pasan las columnas de Heracles y, continuando por la ruta Celta, llegan a veces hasta las dos grandes islas del Norte, en el océano frío de aguas azules, para abastecerse de esos elementos.

—Los mineros están en muy mal estado, las condiciones de la mina no son saludables y las galerías no parecen seguras —apunta Nilda mientras habla con uno de los capataces de la explotación.

—Sí, la mayoría son esclavos de guerras, libios sobre todo. Si mueren, poco se pierde. Hay algunos egipcios que lo toman por decisión, no lo pagamos mal, a veces no hay gran alternativa.

—No es humano —murmura la chica.

El capataz, adivinando sus pensamientos, añade:

—La esclavitud planea por encima de todos nosotros, ya sea por castigo, o porque nuestro reino se hunda; no podemos decir que esta hiel no la probaremos… Nuestros compatriotas que han sido hechos prisioneros en las guerras de los libios no viven mejor que estos que tenemos aquí.

Apenada, Nilda, durante semanas, realiza su trabajo, supervisando, asesorando o formando durante los días de polvo tórrido y calor.

Al atardecer, sigue viendo la comitiva de sacerdotes y astrólogos que entran en el edificio rectangular cercano a su campamento. Ya se ha informado de quiénes son y a qué se dedican.

—Leen las estrellas, calculan el calendario e interpretan las señales del cielo —contesta uno de los aprendices al que se ha podido acercar la chica, que la ha observado varias noches paseando junto a las pirámides, tocándolas, estudiándolas…, como queriéndolas entender.

—Como tú vienes por mandato del faraón, tal vez te permitan hablar con alguno de los astrólogos y te enseñe algo de sus trabajos, pocos pueden saber lo que hacen dentro del centro…, y lo que aprendas aquí nadie te lo puede enseñar en otro país —termina el joven aprendiz.

—Me gustaría mucho… ¿Qué debo de hacer?

—Yo transmitiré tu deseo, tú mantente cerca los próximos días.

Pasan varias semanas sin noticias, y Nilda hace un par de salidas a poblaciones cercanas, con cierta impaciencia, pensando en que aquella misión al sur podría ser al final útil, más allá de la preparación para la guerra.

Finalmente, en uno de los paseos de Nilda cerca de las pirámides, dos hombres se acercan a la chica. Uno es el aprendiz joven, el otro aparenta ser un sacerdote de mediana edad. Lleva la cabeza totalmente rapada y una vestimenta que parece más práctica que ceremonial.

El sacerdote la mira y le pregunta:

—Vienes de parte del faraón Ramsés. Mi aprendiz dice que te gustaría ver nuestro trabajo, al menos aquello que no está prohibido, lo que es solo para los sacerdotes principales.

—¿Quién las hizo? ¿Cómo? ¿Por qué?

—Egipcios, algunos también esclavos, eso parece… Hace más de mil años… para descanso del faraón… con conocimientos de los astrólogos… Son historias antiguas, celtas… ¿Qué quieres llevarte de aquí?

—No lo sé, algo más que me recuerde que no todo es sobrevivir a las desgracias o vivir en el sinsentido de un palacio… Algo más humano.

—Hoy ya hemos tenido bastante, mañana al atardecer te diré cómo reconocemos los astros, aunque en tu tierra tienen otra orientación.

Nilda vuelve al campamento más feliz que de costumbre, siente la emoción de un nuevo, misterioso y apasionante conocimiento a las puertas de su vida.

El día siguiente pasa rápido, su cometido está cerca de terminar y en unas semanas volverán al norte, al palacio. Espera el atardecer hasta que aparece el sacerdote de la noche anterior, su nombre es Hamadi. Es en realidad más un encargado de la elaboración del calendario y el estudio de las matemáticas que aplican a casi todas las construcciones que un auténtico sacerdote. Su labor es más técnica, y, tras la insistencia de su aprendiz…, una picadura de curiosidad por la celta, joven y experta en su campo, enviada por el mismo faraón. La casualidad parece que ha hecho encontrarse a estas personas de mente inquieta y curiosa.

Hamadi saluda a la chica y la conduce con su ayudante al interior del edificio. Este es más bien bajo, sobrio con varios pasillos que tienen estancias a los lados donde hay gente sentada escribiendo en unos rollos de papiros. Al final del pasillo principal, se asciende a unas escaleras que dan a una terraza con un balcón bastante elevado y una mesa larga con papiros, cuerdas con nudos, figuras de madera…; especialmente abundan triángulos rectángulos, también círculos grandes en el suelo con una cuerda de radio. En la mesa, parecen que están anotados todos los días, con dibujos del sol y la luna, así como de algunas de las principales estrellas. Parece que están anotados los momentos de máximo desbordamiento del Nilo. Sobre la mesa, hay también un sello como el que porta Nilda.

—Yo tengo uno así —dice la chica

—Me lo imaginé, yo solo lo llevo cuando acompañó al sumo sacerdote para informar al faraón del calendario y la previsión de crecida e inundación del Nilo. Es un asunto de Estado, la información la debe de anunciar Ramsés o, en su defecto, los sacerdotes principales —explica Hamadi, que continúa—: Por las noches, seguimos los astros y los ciclos de la luna. Por el día, seguimos y señalamos el ciclo solar, por dónde sale cada mañana, por dónde se mete, y calculamos los días y noches que ha recorrido su camino entero. Ahora sabemos que el año tiene trescientos sesenta y cinco días, y cada uno de ellos debe durar veinticuatro horas... Son las partes en las que dividimos el día y la noche. Elaborar un calendario es muy útil, ya que los campesinos pueden calcular cuándo sembrar. Sabemos que suele haber tres crecidas y es importante que lo sepan con antelación.

Nilda está asombrada... «Trescientos sesenta y cinco días con sus noches...», murmura para sí misma.

—¿Desde cuándo lo sabéis? —pregunta la chica.

—Desde hace mucho, aquí nos turnamos para tomar las anotaciones. Unos por el día y otros por la noche. Durante muchos años, me tocó hacerlo de noche; desde que tengo familia ahora, solo me tocan las anotaciones diurnas. De todas formas, mi labor es más bien ayudar a los arquitectos y capataces con los cálculos —explica Hamadi.

Durante un buen rato, la celta asalta a preguntas al egipcio, hasta que este le indica que ha terminado su turno y se va a su casa; mañana si ella quiere seguirán.

Naturalmente que ella quiere, y pasa todo el día esperando el momento de ver a Hamadi.

—Las pirámides, ¿cómo las habéis hecho? —pregunta Nilda.

—Con matemáticas, hace mucho... Coge una cuerda de estas que tienen nudos —le pide Hamadi, y continúa—: Si haces un triángulo recto, con un lado de cuatro nudos, y otro de tres, la línea diagonal tiene cinco nudos, dos triángulos unidos forman un cuadrado, y si multiplicas sus lados sabrás su área.

Nilda está asombrada…

—Multiplicar…, ¿qué es eso? —pregunta la chica.

—Es sumar muchas veces… Multiplicar tres nudos en la cuerda por cuatro es lo mismo que sumar tres veces cuatro… ¿Es que en vuestro país no saben matemáticas?

—No saben escribir, solo mi padre, que es egipcio, y me enseñó a mí.

—Vaya, pues los babilonios sí saben, y son muy buenos… o eran, no sé si también han desaparecido, como los hititas… A lo mejor esto también se pierde —murmura esto último para sí mismo y continua—: Bueno, pues, después, multiplicas por la altura y obtienes el volumen, así sabemos qué cantidad de piedra es necesaria traer… ¿Sabes, Nilda?, la tecnología no solo es saber hacer carros o barcos, también son las matemáticas o la escritura, por eso aquí verás cosas que en ningún sitio más encontrarás.

Mientras escucha eso, Nilda está observando las imponentes pirámides, que reflejan la luz de la luna sobre la caliza blanca que forra completamente las paredes triangulares de perfecto acabado, y perfecta armonía, de manera que pareciese que podían hablar a través del silencio del desierto.

—Parece que no hubiesen sido creadas por humanos… En mi tierra no creerían esta visión… Jamás he contemplado cosa igual —contesta la chica.

—Las matemáticas son parte del mundo, no diferentes a las montañas, los animales o el metal que se forja de las piedras. Solo hay que querer aprender y dedicarles cuidado… Seguro que sabes de lo que hablo… —termina el egipcio.

Los últimos días que pasa Nilda con Hamadi son joyas para la chica, que se siente verdaderamente deslumbrada por los conocimientos que manejan y le hacen estar ensimismada… Palabras como *multiplicar* o *dividir*, los ciclos de los astros, la impresionante majestuosidad de una civilización milenaria de ensueño. Le parece un mundo tan alejado de lo que ha conocido, algo tan mágico que siente que algo sobrenatural la acompaña en esos momentos.

Hamadi y ella se han hecho buenos amigos, sienten que es posible que no vuelvan a verse, pero se sienten felices por esos días, y no los olvidarán.

—Donde vaya contaré lo que he visto… Muchas gracias… —se despide la chica sin saber cómo rellenar con palabras tanto agradecimiento.

El egipcio la despide con respeto y cariño, y añade:

—Para nosotros, los humanos, todo es un misterio, si buscabas al venir sentir algo más profundo, esto es, el misterio de los humanos que observan en silencio y se preguntan cuál es su sitio en el cosmos.

Nilda camina despacio sin dejar de mirar a su izquierda a las pirámides… Ha pasado toda la noche en el centro y, ahora que está amaneciendo, se une a la caravana que vuelve a casa…, a la vida de un palacio, que no es su casa y tampoco fue nunca su destino.

Los días de vuelta se suceden, monótonos, con la rutina de la caravana, observando en cada pueblo la lucha de las personas por la supervivencia. Ahora, echa de menos a Ruth y está deseando llegar y compartir lo aprendido en su viaje con ella.

Sus compañeros de viaje la miran con frecuencia, pero no siente que tenga mucho de qué hablar con ellos, y casi siempre está callada. Las noches en su tienda, especialmente por la noche le gusta ver las estrellas y se acuerda de Hamadi.

Pronto llegarán a Pi Ramsés, en solo unas semanas. En algunas de las paradas en los pueblos, ha visto, en ocasiones, como las familias suplicaban para librar del reclutamiento al joven. La guerra se les echa encima.

—¡No os lo llevéis, por todos los dioses…!, tened compasión, lo necesitamos para la cosecha, acaba de tener un hijo… Os llevasteis a su padre la otra vez y nunca volvió.

La mujer es mayor, abraza a su hijo intentando impedir que los guardias encargados del reclutamiento se lo lleven.

—Se os advirtió hace tres días, ya habéis tenido tiempo para despedirnos, ya sabéis el castigo por resistirse —grita el comandante de la guardia.

—¿Qué vamos a hacer? —se lamenta la anciana con un quejido casi inaudible.

—Rezar, no solo por tu hijo, sino también por tu país... ¿Es que no conoces las historias de lo que pasó con las mujeres en Ugarit?

Nilda observa toda la escena, en una esquina, una mujer joven tiene la cabeza entre las manos y no aparta la mirada del suelo, siente una pena que ninguna lengua humana puede expresar, un sonido que, a pesar de abrir la boca, nunca sale. Nilda cree estar viendo la escultura de cabeza de los difuntos de su pueblo en la derrota de la chica, que sabía hace tres días que la suerte ya estaba echada.

«Sí, supongo que a ella solo le queda rezar», dice Nilda para sí misma.

La expedición de la celta continúa con cansancio y, desde luego, con más pena de la imaginada. Los esfuerzos de todo un país, los desastres de los que en él viven, los miedos de una civilización que se enfrenta a sus miedos más profundos, desaparecer o ser dominados por culturas extranjeras, algo por lo que alguna vez cuentan que ya pasó.

En los momentos más áridos y de soledad, recuerda la visión de las pirámides, aquellas estructuras milenarias le producirán una profunda emoción toda su vida. El recuerdo de las historias de su padre, la majestuosidad y el misterio de las pirámides que llevaban allí alzándose tanto tiempo. Cómo pensó la primera vez que las vio, «después de todo, he comprobado que mi padre no exageraba, ojalá tenga la oportunidad de hablar con él».

El viaje ha durado meses y, al volver, la compañía de Ruth es su mejor bálsamo.

La entrada en el palacio ya es cotidiana para ella. Ruth sale corriendo y la abraza nada más verla. La solemnidad y la ostentosidad de la capital ya no le llaman la atención.

—Puuag…, ¡cómo hueles! —le dice entre risas la judía a Nilda—. Animales y desierto…, ¡qué vida tan bonita!

—Te he echado de menos, Ruth, pero no la vida de palacio, he encontrado un sitio que lo sentí como si fuese mi en casa.

Las semanas siguientes son tranquilas y Nilda se dedica a descansar, y no para de hablar con su amiga, aunque siente que necesita algo que no está en la corte. Se pasea pensativa por los jardines estando ausente en espíritu.

Aquella mañana, tiene una expresión un poco de nostalgia.

—Nilda, estás muy seria. ¿Qué te pasa? —pregunta Ruth.

—Tenemos todas las comodidades, pero esta no es la vida que buscaba. Cuando acabe la guerra, quiero volver a mi casa —contesta la celta, y añade—: Conozco el trabajo a la perfección, pero, al no enfrentarme con las dificultades diarias, no lo siento como una profesión. Creo, Ruth, que las durezas de la vida son parte del sentido de esta, y sin ellas no sería tan bella. Es cierto que aquí vestimos como reinas, nuestro pelo está perfecto y olemos siempre bien, pero esto también puede hacer que nos olvidemos de quiénes somos. Por eso para tu familia era muy importante sus ritos y celebraciones —comparte Nilda.

—Yo creo que es lo que dices. A veces doy gracias por lo que tenemos, pero ahora me he dado cuenta de que nunca he vuelto a ser tan feliz como en el viaje que hicimos por el desierto, a lo desconocido, aunque sudábamos y olíamos a camello. La belleza que había allí era la riqueza que es de todos los hombres, de los humildes y de los poderosos…, que está a la vista de todos y que casi nunca vemos. Nilda, si te vuelves a tu pueblo, yo me iré contigo. Eres mi hermana.

—Echo de menos a Aníbal, creo que entonces no me daba cuenta, pero ha sido la primera vez que he notado algo intenso por alguien, algo por lo que merezca la pena llorar —dice Nilda.

—¿Y ese chico de tu aldea? —pregunta Ruth.

—Era muy joven, creo que cuando me fui sí estaba segura, pero no he tenido la oportunidad de conocerlo como conocí a Aníbal, que me defendió hasta que lo mataron. No suelo pensar mucho en Breogán... Creo que, de todas formas, lo echo de menos y, si me espera, le daré una oportunidad. Me gustaba y tengo que hacer honor a mi palabra —contesta Nilda.

Ruth sonríe un poco con malicia y añade:

—Bueno, siempre puedes casarte con alguno de esos príncipes que no te quitan el ojo de encima..., ja, ja, ja.

Nilda se ríe y añade con ironía:

—Sííí..., sería un buen partido. Me lo llevaría para que Drusila, la chica de mi aldea, lo pudiese ver.

Las dos amigas se están riendo cuando escuchan a unos soldados acompañando al interior del palacio a un hombre de mediana edad que camina con decisión. Parece que conoce el camino y se dirigen al ala donde está el faraón. Ruth se acerca a la terraza. Lo observa y dice:

—Nilda, ¿ese no es el soldado que te dio el papiro, ese que se llamaba Persio que era espía?

—¡Es él! —contesta muy excitada Nilda.

Baja corriendo al corredor que se dirige al salón real tratando de interceptarlo y grita:

—¡Persio!

El hombre con buen aspecto, pero sin armadura, parece un poco distinto, pero se gira media vuelta y dice:

—Nilda, ¿qué haces aquí?

Da una orden y los soldados que lo acompañan se detienen en seco.

—El faraón nos ordenó quedarnos aquí, vivo con una amiga en el ala del palacio para sirvientes y empleados. —Y continúa—: Entregué tu mensaje... ¿Cómo estás? Hace tanto tiempo...

—Estoy bien, Nilda, en la coalición creen que he venido a ver cómo van los preparativos para la defensa, pronto volveré para presentarme en la batalla terrestre. El faraón tiene pensado que ahí fingiremos que los egipcios me han dado muerte para que la coalición no sospeche. Ya vienen, Nilda. Vienen a por nosotros, los dioses nos protejan.

—No sé qué pasará, pero me alegro de verte —dice la chica.

—Y yo, ¿quién no se alegraría de verte? ¿Te han casado con algún príncipe ya? —pregunta Persio.

—Lo han intentado, pero me negué en redondo —contesta Nilda con claridad

Persio vuelve a sonreír y dice:

—Este no es tu mundo, vete a tu casa y afortunado el que pase la vida a tu lado.

—La última vez dijiste algo parecido —contesta la chica.

Persio vuelve a sonreír y pregunta:

—Has ayudado forjando, ¿verdad?

—Todo lo que he podido —responde ella.

La toca el hombro en señal de cariño y dice:

—Tengo que hablar con Ramsés… Nilda, aún estás a tiempo de irte por mar.

La reunión con el faraón es larga, sus principales generales y consejeros están con él. Nilda espera toda la tarde y la noche para volver a hablar con Persio, pero no sale.

Dentro, en el interior del salón, se siente la presión del momento que se acerca.

—Los astilleros han terminado la flota entera, todos los buques están armados con los espolones y recientemente se han montado por debajo de las proas. Los castillos de las naves han quedado muy bien. Esperaremos a reunir la flota hasta casi el final para no dar pistas a sus espías —explica uno de los generales encargados de la flota.

—En cuanto a los regimientos de arqueros, honderos y ganchéros, ¿cómo está eso? —pregunta el faraón.

—Todos los regimientos de arqueros están listos, también honderos y lanceros, pero no han recibido instrucciones sobre el lugar de operación. En cuanto a los ganchos, se han fabricado en las forjas cientos de garfios para volcar naves largas. Igualmente están todas listas, señor —contesta otro de los generales a cargo de las fuerzas terrestres de apoyo a la flota.

—Señor, hemos recorrido todos los canales e islotes del delta para situar nuestros buques en la posición más ventajosa. Los buceadores llevan todo el año trabajando en ello. También hemos preparado las cuerdas y redes para bloquear las entradas —añade un ayudante del oficial anterior.

El faraón asiente y se dirige a Persio:

—En cuanto a la frontera por tierra, ¿qué sabemos de las deliberaciones de Amurru y a qué fuerzas nos enfrentamos? —sigue preguntando el faraón.

—Es un poderoso ejército. A pesar de que se trata de una maniobra de distracción, sus fuerzas son considerables. Sabemos que, en las batallas en Hatti, su infantería estaba bien armada y, al ser tan numerosa, los carros y arqueros hititas no pudieron con ellos. Los carros han sido siempre útiles, pero enfrentándose a una fuerza de cuarenta o cincuenta mil soldados no son tan prácticos. Nosotros disponemos de muchos, pero también nuestro ejército de tierra es muy numeroso y mejor preparado. La diferencia es que ellos pueden tener dos ejércitos en dos frentes, uno en tierra por Levante y otro en el mar por el delta del Nilo. Nosotros, en cambio, tendríamos que llevar nuestro ejército después de la batalla por tierra hasta el delta inmediatamente. En cualquiera de los frentes, nos superan en número, pero en la batalla por tierra tenemos más probabilidades de vencer. Ellos creen que nosotros nos defenderemos por tierra y que nos sorprenderán con el ataque por mar —expone Persio.

—¿Están nuestros carros y soldados listos en Levante? —pregunta el faraón.

—Sí —contesta el general encargado de la defensa por tierra, y continúa—: Las ciudades fronterizas están en alarma, con sus escuadrones preparados y las órdenes dadas. Queremos que sus espías sepan que estamos listos allí para que piensen que nos cogerán por sorpresa con su otro ataque marítimo, como ha explicado el comandante Persio, señor.

—El Imperio se enfrenta a una amenaza como nunca. Ningún reino ha resistido a la coalición estos años. La construcción de barcos y el coste del ejército, mercenarios y aprovisionamiento han mermado nuestra tesorería. Egipto ha explotado sus minas y recursos al límite para estas batallas. Si somos derrotados en la primera, nos rodearán y todo se habrá perdido. Ahora los sacerdotes rezarán a los dioses y mañana, al amanecer, nos trasladaremos a la frontera —concluye el faraón.

Nilda sigue esperando. Está despierta y más inquieta que antes desde que Persio le ha dicho que los acontecimientos se precipitan. De madrugada, oye pasos y ve a lo lejos que los asistentes a la reunión han terminado. Es medianoche y la luna llena permite tener buena visibilidad, ella se acerca. Persio la ve, se aproxima y le dice:

—Voy a la frontera por tierra, cerca de Qadesk. La batalla por tierra se acerca, no podemos fallar en ningún frente. Tengo que participar en la preparación final. Si las cosas se pusieran mal, baja al sur, hacia Nubia. —Nilda se queda allí, de pie, viendo cómo Persio se despide de ella y cómo, aunque le hubiera gustado abrazarlo, se queda congelada con los ojos mirándolo y preguntándose si esa será la última vez que lo vea. Cuando se va a dormir, le parece escuchar los primeros movimientos de carros y de la guardia personal del faraón. Vuelve a levantarse y ve de lejos como el faraón abandona el palacio bajo la mirada de su familia, mientras los sacerdotes entonan mantras y el ambiente se llena de un intenso olor a incienso. El faraón es en esta tierra un dios viviente, un rey y el general en jefe del Ejército. Ramsés sabe que, después de la guerra civil por la sucesión y por el desgobierno anterior, Egipto se enfrenta a vencer o morir y se le recordará por estas batallas. Tiene el rostro duro y la mirada decidida. Avanza en un carro de combate bajo la mirada de su guardia.

Al día siguiente, la noticia de la marcha del faraón y su guardia para unirse a las tropas del grueso del ejército en la frontera terrestre se propaga con rapidez. Nadie en toda la ciudad ni nadie en todo Egipto es ajeno a la batalla. Pocas casas se han librado de reclutar a los hombres. Ya sean padres, hijos o hermanos. La batalla es en un territorio lejano, pero la suerte de Egipto, el último gran reino, está en juego, y donde ahora hay paz y rutina puede haber caos y destrucción. Y, aunque eso se pueda salvar, en cada casa habrá miedo y preocupación por ese padre, o hijo, o hermano hasta que vuelvan a verlo.

Pasan varias semanas, hace bastante calor. Las chicas, mientras tanto, han decidido que tienen que salir de Egipto. Nilda irá a su casa, Ruth probablemente a donde vaya su amiga. Una tarde aparentemente igual que otras, Nilda sale a pasear por la ciudad, intenta que su ropa no sea tan lujosa y pasar un poco desapercibida. Ve y respira el ambiente de la ciudad, que no es tan rico ni comercial como Ugarit, pero sí muy monumental. La gente humilde habla sobre la guerra, queman incienso y rezan por el regreso de sus familias. Nilda se estremece de la fragilidad de la felicidad humana, que pende de un hilo. Cuando se dirige al palacio, un mensajero a caballo entra detrás de ella y la adelanta. Se baja y entrega un papiro al oficial de guardia. Ninguno abre el documento, pero hablan entre ellos. Nilda tiene una intuición y corre rápido para escuchar algo.

—Hemos vencido en tierra. Los muertos se cuentan por miles, la coalición se retira. El ejército con el faraón se dirige de camino al delta del Nilo a marchas forzadas. Las naves y las fuerzas de reserva se dirigen también a detener la invasión por mar. Entrégale el mensaje a la reina.

—A la orden —contesta el soldado, que recibe el papiro mientras que el resto celebran la noticia. Nilda siente por un momento el impulso de informar al pueblo de la ciudad por la buena noticia, pero sabe que habrá personas de esas casas que no volverán nunca… Duda y entra en el palacio con Ruth. La verdadera noticia para cada familia la tendrán cuando todo haya acabado, y entonces cada uno sabrá si el mundo ha cambiado o no para ellos.

Nilda solicita al secretario abandonar el palacio y acercarse al escenario de la batalla. Es una decisión del faraón, ya que también fue suya la decisión de que las chicas permanecieron en el palacio, pero Nilda ha trabajado mucho en la construcción de espolones y de armas, así que el secretario accede cuando la chica alega que tal vez pueda ser útil los días anteriores. De esta manera, de la noche a la mañana Ruth y ella se ponen en camino a la costa, donde se espera el ataque de la coalición de los pueblos del mar.

La distancia que separa la capital Pi Ramsés del delta no es grande, y las chicas reciben caballos y víveres para unirse a una de las muchas caravanas de aprovisionamiento que se dirigen al lugar. La caravana lleva docenas de mulos con agua en las alforjas, pan, dátiles, pescado en salazón, telas, así como ungüentos medicinales. Las caravanas con material bélico hace días que ya partieron. Ahora, lo que los espías puedan ver no es tan relevante, ya que, según los informes, la flota enemiga lleva días navegando al punto donde quieren desembarcar. La coalición tiene como objetivo asegurar la zona cercana a la costa y bajar por el Nilo atacando las ciudades del Bajo Egipto, apoyados en su superioridad numérica y en la moral de victoria, fruto de años de conquistas imparables. Detrás de la inmensa flota de ataque, se sitúa la otra flota de civiles y familias que los acompañan con la esperanza de que, al final, encuentren un destino donde empezar de nuevo. El camino que recorren esta vez las chicas no se parece al que hicieron con Ahmed desde el pueblo costero para llegar a la capital. No hay paradas para observar el anochecer del desierto, y si algo define esta caravana son las prisas y la preocupación. A las chicas les parece que hace mucho más calor y nadie tiene interés en entablar una conversación agradable, que incluso en tiempos de guerra puede tener su espacio. La primavera se está adentrando en fechas, y el sol abrasa las tierras. La sensación de sed aumenta por el miedo a la batalla y, aunque aquellos que viajan en las caravanas probablemente no luchen, su destino está ligado al desenlace. Cuando por fin llegan al delta del Nilo, las operaciones están muy avanzadas. El delta es tan grande que las orillas principales no se ven, y a Nilda, que nunca había visto la desembocadura de un río así, le parece más bien la costa del mar, con la diferencia de que hay multitud de islas y canales que en algunas partes se hacen intrincados y cuya profundidad es variable. La flota egipcia está más adaptada a la navegación fluvial, sus barcos tienen menos calado y son más pequeños. Las chicas se instalan cerca del campamento, donde está el centro de mando. Desde una colina baja, se puede divisar parte de los movimientos de la flota egipcia, así como la disposición de los arqueros y tropas auxiliares que se disponen a lo largo de la costa y en las islas interiores. En realidad, nadie sabe de qué número de efectivos dispone el ejército egipcio, pero parecen masas de soldados que se contarían por miles. Agotadas, las dos amigas se sientan a observar la disposición de tropas debajo de unas palmeras. La humedad y el calor deberían de hacer que estuviese plagado de mosquitos, pero el fuerte viento del norte los ha borrado. Este viento permite a los barcos egipcios que se aproximan por la costa tanto del este como del oeste alcanzar rápidamente sus posiciones. El resto de buques que han sido construidos en astilleros en la costa del Nilo remontan el río con las velas bajadas empujados simplemente por la corriente fluvial. Es, en realidad, la orientación natural del viento. Nilda ha visto ya bastantes barcos egipcios cuando visitó algunos astilleros. Entonces, le explicaron que las características de su flota, barcos más pequeños, no eran los mejores para el mar. Ahora que el momento se acerca, se verá si la estrategia ha sido acertada. Pero esta nueva flota es diferente a los barcos de río tradicionales. Son mayores que los modelos antiguos, para albergar más soldados, y tienen en la popa un potente castillo donde los arqueros disparan las flechas. Sabe también que en el último año el faraón había ordenado la fabricación de miles de arcos compuestos. Parece como si todo el esfuerzo de años estuviese dedicado a una batalla de condiciones muy específicas. Todo hace pensar que los egipcios han tenido mucha información sobre la batalla y, seguramente, Persio es uno de los mayores responsables. Si en esta batalla vence Egipto será gracias a la información y la preparación.

—Ramsés ha preparado una buena, la nueva flota acabará con los demonios y saqueadores de ciudades —comenta uno de los marineros en un corro cerca de donde están Nilda y Ruth.

—Nunca hemos tenido una verdadera flota naval. Estos barcos son para la navegación por el río, pero la coalición no se lo espera. Los hundiremos con los espolones —asegura otro.

—Ya los hemos derrotado en tierra, ya saben por fin lo que es perder —comenta el primero.

—Nuestras tropas de la frontera con Amurru han vuelto ya y se disponen a luchar de nuevo. Después de las primeras sangres, todo es más fácil. Aun así, tenemos mucho trabajo. El tiempo se nos echa encima —habla otro, que estaba callado hasta entonces.

Nilda y Ruth andan por la orilla donde se disponen la mayor parte de los barcos egipcios. Hay cientos de ellos, pero la mayoría aguardan escondidos entre las islas más interiores y en las bocas de los canales, lejos de la verdadera costa del mar. Solo unas decenas de buques se dejan ver desde el mar. Son los más pequeños y rápidos. El movimiento de tropas y de órdenes es incesante. Una fila que parece llegar al infinito de arqueros con mulos transportando flechas y jabalinas se extiende por delante de las chicas, que no las dejan pasar. De pronto, uno de los arqueros se aproxima corriendo.

—Ruth, Nilda —llama un chico.

—Ahmed —contestan al unísono las dos.

—¿Qué hacéis aquí? —pregunta el chico.

—No podíamos aguardar más en el palacio. Hemos vivido el ambiente y la tensión de los preparativos durante años. Necesitábamos venir. Tal vez podemos ayudar con los heridos o llevando provisiones. La verdad es que teníamos que verlo. Lo de Ugarit nos marcó mucho y no podíamos esperar a huir de una ciudad atacada, no pasaremos otra vez por ello —responde Nilda.

Ruth está mirando al chico sin poder creer que se hayan vuelto a ver.

—A mí me alistaron a la fuerza, como a casi todos. Creo que voy en uno de los barcos que tienen que interceptar la flota enemiga… Ruth, tengo mucho miedo —confiesa Ahmed, mirando a la joven judía.

La chica, en un arrebato, no puede contener lágrimas en los ojos y le dice al chico egipcio:

—Tú vuelve, que yo te estaré esperando.

Mientras dice esto, Nilda le da la mano a su amiga y añade sin saber bien qué decir:

—Seguramente tu barco estará en la retaguardia, no correrás peligro.

—Al menos os he vuelto a ver. Qué viaje tan feliz hicimos los tres... Parecéis princesas —dice Ahmed.

Ruth lo mira con fijeza, como si su mirada pudiese leer el alma de Ahmed y siente que se le va a salir el corazón. Nilda contesta:

—Vivimos en el palacio, pero te echamos mucho de menos, sobre todo Ruth.

El chico mira a Ruth de una forma que no necesita decir más, al tiempo que se oye:

—¡Nadie se sale de la formación, arquero! —le grita un oficial.

Ahmed vuelve a la fila y dice con tranquilidad, como si reflexionase mientras se aleja:

—Ruth, no me había dado cuenta de lo bien que hablas egipcio...

Las dos se quedan paradas como estatuas. Nilda coge por los hombros a su amiga, la aprieta contra ella y le dice:

—Lo hemos visto. No puede ser casualidad.

—¿Y si esto es una despedida antes de morir, Nilda? —dice, llorando, Ruth.

Los días siguientes no lo vuelven a ver, a pesar de que lo buscan. Nadie sabe cuándo empezará el ataque. Se rumorea que tal vez la coalición intente desembarcar de noche o remontar el río, pero entonces serían presas fáciles en la oscuridad. Nunca parece que llegará el día, hasta que lo hace. Al romper la mañana. Suenan cuernas y aparece en el horizonte una formación de barcos que tapan la línea que toca el cielo y el mar. Miles de barcos se acercan. La visión sobrecoge a los egipcios.

Las chicas están muy cerca del puesto de mando y ven al faraón perfectamente. La visión del mismo hombre que conocieron en palacio, ahora enfrentándose a su destino, capta su atención. Se le nota asustado. Se esperaba un mar de naves, pero la magnitud supera las previsiones. Seguramente, nuevos barcos tjerker se han unido desde las tierras de la frontera. Vienen navegando desde levante. El faraón cree estar viendo el fin de Egipto, tras miles de años de gloriosos reinados. Tarda en reaccionar y, con un gesto de su mano, indica a sus generales que comience la estrategia. La flota egipcia que los espera en el mar, apenas veinte barcos, se deja ver y se coloca en posición de huida, pero sin prisas. Aún tienen tiempo. Mientras, algunos barcos egipcios terminan de adoptar su formación. Uno de los barcos escondidos que se encuentra en las posiciones avanzadas pasa muy cerca delante de ellas. El oficial está apoyado en la proa, es Persio, que ordena a los remeros y al timonel que maniobren hacia una pequeña cala en un islote central. Al girar los arqueros de popa, quedan a la vista. Ahmed va entre la tripulación. Lleva unos de los modernos arcos y un montón de flechas en un cesto alargado que se apoya en el suelo.

—¡Dios mío, Nilda, Ahmed va en el barco de Persio! —exclama Ruth y continúa—: Su barco seguro que lidera la vanguardia del ataque. Dios, haz que Ahmed salga vivo.

La chica comienza a temblar y a llorar. Se agarra a Nilda, que está también muy asustada con los ojos abiertos como platos.

Aún lejos, dentro de los barcos de la coalición se respira confianza total. Su caudillo, Piras, va en las primeras filas, solo precedido por barcos lukka y sherdens.

—Hemos cogido a estos por sorpresa. Han caído en la trampa, como pronosticamos, y deben de estar celebrando la victoria —grita eufórico Piras ante la visión de los pocos barcos egipcios que parecen estar de guardia—. Intentarán huir bajando el río y avisar a sus ciudades, tenemos que interceptarlos. Que los capturen los lukka, son más rápidos y van ya por delante —ordena Piras a uno de sus oficiales. Desde el barco del caudillo sherden se indica la maniobra con banderas. Los piratas se aproximan con rapidez. La flota entera se encamina hacia el delta, que lo alcanza con más rapidez de lo imaginado. Los barcos lukka persiguen a los egipcios que, además, empiezan a remar en una especie de carrera desenfrenada para no ser alcanzados hasta bien adentrado el río. En las orillas cercanas, escondidos, se sitúan miles de arqueros y dejan pasar los barcos enemigos que lo encabezan sin disparar ni una flecha. La flota es tan grande que penetran por la red de canales y, amontonada, algunos de ellos echan el ancla a la espera de que se despeje el camino. Han entrado siguiendo los barcos de cabeza, y el lugar que ha elegido la flotilla egipcia a la que persiguen es más estrecho que otros brazos del río. No hay señales de ejércitos ni más barcos. Los soldados están tranquilos, algunos hablan rompiendo la tensión:

—Los egipcios puede que sepan lo que se les viene encima y hayan abandonado sus posiciones. Seguramente, nos mandarán una delegación a pactar el reparto de tierras —asegura con bravuconería uno de los oficiales.

Mientras tanto, los barcos lukka se aproximan a los egipcios. Cuando ya los tienen cerca, los piratas oyen un ruido agudo desde diferentes puntos. Una orilla del río, un islote, los barcos enemigos. Miles de flechas incendiadas caen sobre ellos que no lo esperan. La casi totalidad de la flota enemiga está dentro del delta, y la larga fila de barcos es a un tiempo atacada desde todos los puntos. Cientos de barcos egipcios aparecen por los laterales de los canales y embisten con sus espolones mientras disparan flechas. Los barcos de la coalición casi no llevan arqueros. Habían previsto una lucha en el mar o, tal vez, desembarcar y atacar las ciudades de orillas del Nilo, pero los han cogido desprevenidos. Sus jabalinas están aún demasiado lejos y solo están preparados para luchar cuerpo a cuerpo con los barcos que los embisten. Muchos barcos de la coalición chocan entre sí y maniobran muy mal. Otros tienen demasiado calado y el fondo por donde han entrado está muy próximo. Muchos encallan. Al tiempo, desde las naves egipcias, se lanzan ganchos con cuerdas que se clavan en los laterales barcos enemigos, entonces los remeros egipcios que han lanzado los ganchos empiezan a remar en dirección contraria a ellos, hundiéndolos. En un instante, aparecen miles de ahogados, muertos y muchos barcos hundidos. Toda la flota de la coalición está siendo atacada desde las orillas y no consiguen apenas defenderse. Gran parte de sus barcos están detenidos y el desconcierto de sus generales es completo. En cuestión de momentos, una formación de naves egipcias cierra de frente el paso a la coalición que sigue atrapada. Las naves de los dos ejércitos colisionan y empieza una carnicería en el combate cuerpo a cuerpo mientras que los espolones perforan los cascos de la coalición hundiendo los buques. El ruido es ensordecedor, y el espectáculo es dantesco; no hubiese sido posible concebir una lucha a muerte semejante. Soldados de ambos ejércitos abordando los barcos. Egipcios volcando buques, jabalinas volando, flechas permanentemente en el aire y, por encima de todo, olor a sangre y muerte. La horrible escena que presencian las chicas no la olvidarán. Miles de soldados sherdens, pelesets, micénicos, lukka, tjerker y shekelesh se lanzan a la ofensiva con rabia portando sus escudos y armas cortas perfectas en el cuerpo a cuerpo. Los egipcios aguantan como pueden y mantienen el bloqueo en el estrecho brazo de río por el que han hecho penetrar a toda la flota de la coalición. Desde las orillas, se siguen lanzando flechas sin parar. Los pueblos del mar no consiguen romper la línea y siguen atascados mientras continúa el castigo de los arqueros situados tanto en los laterales, castillos de popa de los buques e islotes que están a distancia. En uno de los laterales, un barco lukka se abre paso y parece que va a romper la formación egipcia. Otros barcos de la coalición han conseguido desembarcar en la orilla, pero las fuerzas terrestres del faraón los esperan con unas empalizadas de lanzas. Los egipcios también arrastran hasta la orilla muchos prisioneros, y los ejecutan inmisericordemente. Ahora, la lucha se empieza a trasladar a las playas de los canales, pero los egipcios no les dejan desembarcar organizadamente y los invasores siguen recibiendo nubes de flechas. Mientras, el barco de los piratas ha conseguido romper la línea deshaciéndose de un buque egipcio. Tras de él, van varios barcos micénicos que lo siguen. Un navío egipcio que se percata se apresura a tapar el hueco y aborda el navío lukka. Ruth llora desconsolada…, es el barco de Persio, está abordando al enemigo, al frente el oficial de la coalición grita y dirige a sus hombres contra la tripulación egipcia. Es Marluk el que se abre paso con su espada acabando con todo lo que se pone delante. Persio lo busca.

—¡Sabía que eras un traidor, nos engañaste! —grita Marluk.

—¡Siempre os juré que cumpliría mi misión, asesino, este es tu final, pirata! —contesta gritando Persio.

Los dos se enfrentan en una pelea a cuerpo mientras que la lucha dentro de la nave es a muerte, no se hacen prisioneros. Los egipcios están decididos a impedir que la coalición rompa el bloqueo y se dirija río abajo a salvo de los arqueros de la orilla. De conseguirlo, la estrategia egipcia se podría venir abajo y la balanza de la batalla inclinarse del lado de los atacantes.

Un soldado de la coalición clava su espada por la espalda a Persio mientras lucha con Marluk, al tiempo, un soldado egipcio que lo ve atraviesa el cuello del pirata con una flecha que le hace caer muerto de inmediato al lado de Persio, que lo observa desde el suelo de la cubierta mientras el mismo agoniza. El comandante egipcio está moribundo, pero mira con orgullo a Ahmed, el arquero que ha dado muerte al pirata Marluk, mientras su corazón palpita con fuerza y se arrastra hasta el borde del barco. Al fondo, la visión del mar le recuerda momentos de su infancia, y por un momento está ausente de la batalla y su ruido. Solo un instante de paz que antecede a su muerte. Descansa y por fin alcanza aquello que siempre supo que llegaría en esta misión. Los egipcios repelen a los piratas que intentan volver a su barco, pero con el casco per forado la nave se hunde y muchos caen al agua o se rinden. Otros se ahogan. La línea egipcia se mantiene férrea y la coalición no consigue imponerse a pesar de su superioridad numérica, tanto en hombres como en naves. El caos es indescriptible y los generales de los pueblos del mar contemplan cómo lo impensable está sucediendo. La cruenta batalla se prolonga más y más, hasta que parece que nunca acabará y el agua es de color rojo intenso de la sangre mientras las flechas no dejan de caer. Los gritos, el miedo y la rabia enloquecen a los hombres que están fuera de sí. Miles de muertos por ambos bandos, hasta que, en un momento determinado, uno de los barcos en plena lucha, repleto de sherdens, bajo el mando de su comandante, hace algo que hasta ahora no habían conocido en la coalición. Ve a barcos micénicos rindiéndose y otros de retaguardia escapar, se detiene, respira un instante y anuncia elevando los brazos y soltando las armas:

—La batalla está perdida, hermanos, de nada sirve morir —grita con fuerza.

Nadie sabía cómo pararlos, pero hoy se han rendido.

Como una cascada imparable, la rendición se generaliza. Muchos de los reyes y jefes de la coalición han muerto, otros son capturados y muy pocos consiguen huir. Piras intenta escapar, pero a la salida del delta lo interceptan buques egipcios que, al no haber alcanzado el mar aún, no están en desventaja. Abordan su barco. Lo ejecutan a bordo a pesar de que se rinde.

El griterío de júbilo de la victoria sofoca la agonizante llamada de auxilio de los heridos de ambos ejércitos. Millares de seres humanos imploran ayuda al mismo tiempo que la tensión y los nervios se liberan en explosiones de alegría. Los soldados egipcios conducen miles de prisioneros por las playas con las manos atadas y sujetas mientras se apoderan de las posesiones de los vencidos.

Ramsés lo ve todo desde la colina, ha participado ordenando todas las maniobras. Decenas de soldados y súbditos se arrodillan ante él y lo alaban. Todavía tiembla, pero ahora es adorado. Hoy se siente el hijo de Ra. Sabe que ha salvado a su nación y se acuerda solo de un nombre: Persio. Sin su trabajo no hubiesen parado la invasión ni hubiesen cogido por sorpresa a la coalición de pueblos del mar.

Nilda y Ruth están llorando de alegría, la judía ve de lejos a Ahmed vivo y sano y cubierto de sangre, pero ella corre como loca a abrazarlo después de tocar tierra. Están los dos temblando, y al chico no le sostienen las piernas, cae de rodillas y los dos se quedan abrazados, como si el tiempo se hubiera parado. Ahmed llora:

—¡He tenido que matar, he tenido que matar!

—Nos has salvado, Ahmed… Te quiero. —Llora la judía, que solo le sale decirlo en hebreo.

Al fondo, está la flota de civiles y familias de la coalición. No se mueven, siguen anclados sin iniciar la marcha en rumbo alguno. El espacio que ocupan sus barcos es el único donde ha habido silencio, el día que más ruido ha habido en toda la tierra de Egipto.

Nilda lo ve, y sabe lo que debe hacer.

IX.

LA DERROTA Y EL MAR 1177 A. C.

«*Tracé* mi frontera en Dayhi (Siria), preparé frente a ellos a los príncipes locales comandantes de guarnición y mariannu. Hice preparar las bocas del río como un fuerte muro con barcos de guerra, transporte y esquifes. Estaban totalmente equipados tanto a proa como a popa con valientes soldados y con la infantería más escogida de Egipto (...).

Para aquellos que avanzaron juntos sobre el mar, la llama ardía delante de ellos en las bocas del río y una empalizada de lanzas les rodeaba en la orilla. (...) Se preparó una red para atraparlos, aquellos que entraron en las bocas del río quedaron cerrados y corrieron dentro de ella clavados en sus puestos. Muertos y despedazados, fueron arrastrados, anulados y yacían sobre la playa muertos y amontonados de popa a proa de sus barcos».

Ramsés III 1177 a. C. Templo de Medinet Habu

La tarde está acabando. El sol está tan bajo y tan rojizo que entona con la sangre de la batalla.

Se empiezan a recoger los cadáveres y amontonarlos, se los honra como se puede, si son de los vencedores; se los mutila sin son vencidos para ser contados. Los heridos se curan de mala manera o mueren. Los médicos no dan abasto. Se celebra la victoria y se llora al mismo tiempo por el amigo o el familiar. Nilda llora junto a Persio. Ramsés lo ve. Está paseando por la playa viendo a los heridos y rindiendo a los muertos.

—Ahí tienes, mujer, un héroe de su patria... Curioso destino..., una extranjera es la única que hoy le llora —dice el faraón seco y triste. Y añade—: Recoged a este y enterradle con el rito, le quiero en la otra vida —ordena a un grupo que lo acompaña.

Nilda se pone de rodillas y se dirige a Ramsés:

—Señor, cuando hui de Ugarit, Persio confió en mí. Os suplico que me dejéis visitar la flota civil, pues yo sé lo que es el dolor después de la batalla y quiero aliviarlo, necesita mi alma ese descanso, pues yo misma he colaborado con mis medios. El mismo Persio decía que en la coalición había gente buena, que no eran todos piratas.

El faraón escucha serio y se apiada de la celta:

—Sea, que un buque te lleve y entrevístate con las familias para que hagan sus peticiones de clemencia y se estudiarán. —Se gira y le dice al secretario—: Preparen nave y escolta para la salida del sol.

La noche es cálida, Nilda, Ruth y Ahmed duermen separados mirando hacia el dulce y silencioso desierto, aunque no puedan verlo. Con el suave calor de la noche, se serenan sus mentes de otro día más que no podrán olvidar.

Al amanecer, Nilda se prepara. Es voluntad del faraón que vaya, por lo tanto, es una embajadora temporal en funciones, o al menos así lo siente ella. Se arregla lo mejor que puede y el secretario le trae un vestido digno de una princesa, como ha ordenado Ramsés. El secretario no tiene consejo, duda si decir algo, pero no lo hace. Solo añade:

—Debo de acompañaros en representación del faraón, pero dejaré que lleves la iniciativa.

Nilda coge el vestido por los hombros y lo mira. Es un clásico vestido de la realeza, tiene, además, piedras preciosas incrustadas. Lo mira de arriba abajo y añade:

—¿Esto es necesario?

—Es voluntad del faraón, una cosa va con la otra, ya me entiendes. Quiere que la grandeza de Egipto le quede patente a esta gente. Tu belleza como embajadora en esta misión le agrada. Ahora ya sabes que, una vez concedido algo, no se puede rechazar, Nilda. El faraón suponía que Ruth te acompañaría, hay otro vestido para ella. Las sirvientas de la reina están aquí para asistirlos con el resto de abalorios y perfumes, también nos acompañarán.

Nilda tiene un gesto de desaprobación, pero sabe que nada se puede hacer si quiere ser de alguna utilidad. El secretario lo sabe y, mirando a la chica celta, concluye:

—Sabes lo duro que ha sido para nuestro país, los impuestos que hemos recaudado, el esfuerzo de nuestros recursos e incluso las vidas en estas dos batallas. No se puede esperar que el faraón no quiera difundir esta victoria donde otros reinos que fueron rivales han caído. Ya sé lo que piensas. Ahora vamos a ver esa flota civil.

Las sirvientas pasan un rato con Nilda y Ruth hasta que están preparadas. Ciertamente, han hecho un buen trabajo.

La tripulación sube a uno de los buques insignia de la flota e izan la vela del mástil. Esta vez, a diferencia de sus velas egipcias habituales, es cuadrada. El viento los lleva enseguida al centro de la flota de civiles del ejército derrotado.

Hay decenas de barcos abarrotados. Están parados con las anclas echadas. Durante la noche, algunos iniciaron la marcha, pero la mayoría están aquí. No saben qué ha sido de sus familiares. El silencio es abrumador. Solo se oye el chocar de las olas contra los cascos y el ruido que hacen estos al subir y bajar con el ritmo del oleaje, que es más suave que de costumbre. Dentro de las naves, están las familias, muchas mujeres, niños de varias edades y muy pocos hombres que, al parecer, ayudan en la navegación. La tristeza de sus miradas habla por sí misma. Los sueños rotos y la angustia por el paradero del ser querido. Son almas a merced del destino. Ante la visión del barco egipcio y sus ocupantes, muchos mantienen la mirada, como si algún tipo de inercia los obligara a ello. Otros también mantienen la mirada, pero sin esperanza alguna, tampoco parece rencor, más bien parece tristeza infinita. Hay una ausencia de ruido humano que pone la piel de gallina.

El barco real egipcio se acerca a uno de los buques civiles de la coalición. Se coloca a su lado y, extendiendo una tabla entre las dos bordas, cruza la comitiva de los vencedores a la embarcación civil. Primero lo hacen un grupo de soldados cuyas armaduras de bronce relucen con los rayos de sol que acaba de salir. Luego el secretario, lujosamente vestido; tras él las sirvientas de la reina, y, finalmente, Nilda y Ruth. Las chicas se quedan mirando a las familias. Ni siquiera los niños más pequeños hacen ruido. Lejos, en otro buque, un hombre joven ve la escena y quisiera gritar con todas sus fuerzas, pero entiende que la situación no procede. Reprime su voz y aprieta una cuerda que une la vela con fuerza, como si así pudiese liberar lo que siente y repite para sí un juramento que lleva clavado en su alma.

En el buque de la comitiva, el secretario habla alto en acadio. Le ha costado un buen rato, pues la situación es indescriptible. No se oye ni respirar a nadie. El vencido está a merced de todo. El egipcio por fin comienza, presenta primero a la embajadora del faraón para que las familias trasladen sus peticiones de clemencia. Nilda se adelanta. La impresión que le causa a la chica no puede ser mayor. Ruth, que está a su lado, le susurra:

—Nilda, esta gente somos nosotros a la vuelta de Ugarit.

—Sí —dice abrumada y continúa—: No me he sentido más humillada en toda mi vida.

Durante unos instantes eternos, nadie emite sonido alguno. De pronto, una mujer con un niño de unos cuatro años se acerca a Nilda, se postra de rodillas a ella y le coge los pies por las sandalias de cuero y oro que lleva la celta mientras suplica la madre. Su hijo la mira.

—Nilda, por Astarté intercede por nosotros. —Comienza a llorar y continúa—: Alexander solo quería trabajar de artesano, tú sabes que es bueno, pero los piratas de Marluk lo obligaron a luchar en su ejército o nos habrían degollado a los tres.

Unas lágrimas abundantes corren por las mejillas de Nilda, que casi no puede reaccionar. Se agacha, levanta a Adara y la abraza fuerte contra ella y el niño.

—Lo sé —dice la celta.

—Las historias aquí son casi todas iguales, lo perdieron todo, o el hambre o la guerra los ha expulsado de su tierra. No tenemos dónde ir. Solo quieren llegar a un sitio y poder alimentar a sus hijos y enterrar a sus padres —Adara sigue llorando y hablando—: Nicosia murió en la revuelta de Micenas, en el templo. Ella lo había visto hace años. Intentamos huir, pero nos cogieron. Ahora no sé si Alexander ha muerto, está herido o es prisionero. Felices los días en que estábamos los tres aun sin nada más.

Nilda se gira trescientos sesenta grados viendo toda la flota y dice a la embarcación con voz alta, pero entrecortada por la emoción:

—Prometo que hablaré con el faraón.

Nilda intenta llevarse a Adara y a su hijo, pero el secretario no se lo permite. Ahora son prisioneros de guerra hasta que Ramsés decida. Ella añade con una tristeza infinita:

—Ya hemos terminado, secretario, volvamos.

La comitiva vuelve a la costa. Nilda está más blanca si cabe que de costumbre. Ruth, callada, sigue conmocionada.

La celta se dirige hacia la tienda real, donde se encuentra el faraón, pero no la recibe inmediatamente. Ella espera mucho rato mientras avanza el día hasta que se la permite entrar.

Nilda entra y se postra de rodillas.

—Vengo a implorar que se reubique a las familias, señor —suplica la chica.

—Son enemigos que han venido a invadirnos, extranjeros —contesta el faraón.

—Muchos fueron forzados por la coalición y pueden ser buenos súbditos que aporten riqueza —argumenta Nilda.

—Sangre egipcia se ha derramado por ellos.

—No solo egipcia, señor, también había extranjeros en nuestras filas, como Persio y yo misma.

El faraón calla un rato, sabe que la chica tiene razón y que un grupo importante de sherdens ha luchado a su lado contra sus hermanos. Ramsés, en realidad, hace tiempo que ha tomado la decisión y continúa:

—Mis generales dicen que permitir la reubicación de algunos grupos nos ahorrará guerras futuras. Los pelesets podrán ir a Levante. A los sherdens se les permitirá quedarse aquí en mi ejército o volver a su isla. Los micénicos elegirán morir o volver a su patria sin nada, igual que los danunas. Los prisioneros lukka y los tjerker serán ejecutados... Retírate, ya has sido recompensada, como te dije.

—Una petición más, señor. Quiero volver con mi padre. Pido permiso para abandonar el gran Egipto.

—Sea. —Y con un gesto de su mano despide su audiencia.

Nilda sale con una mezcla de sentimientos. La decisión del faraón permite a los grupos más grandes instalarse en territorio egipcio, sea en las ciudades y pueblos a lo largo del Nilo, o en Levante en la zona de Canaán. Adara podrá ir con los pelesets a Levante, quedarse aquí o volver con los sherdens. En cuanto a Alexander, aún no sabe qué ha sido de él.

La decisión del faraón se traslada a los prisioneros y sus familias con desigual satisfacción, aunque la inmensa mayoría de las familias se podrán reubicar y empezar otra nueva vida.

Nilda pasa toda la mañana buscando por los prisioneros. A estas alturas, muchos de los soldados ya saben que serán ejecutados, pero otro número mayor saben que se encontrarán con sus familias y en sus ojos tienen un brillo de esperanza. Nilda no encuentra a Alexander durante un buen rato, hasta que visita la zona de los pelesets. Allí está Alexander que, junto con los demás, acaba de recibir la noticia, se cuenta entre los soldados que la intercesión de una princesa ha sido providencial. Algunos dan gracias a sus propios dioses, o a la providencia, y otros juran que volverán a su tierra natal para no salir más de la isla. Para ellos la conquista del Este ha terminado.

Alexander se acerca a valla de madera, como una empalizada que separa a los prisioneros. Alexander agarra la valla y, mirando a Nilda a los ojos, dice con un agradecimiento infinito:

—Bendita seas, Nilda. Mi madre ya sabía que tenías una misión. Tú nos has salvado. Si Adara quiere, iremos a Levante, ahora nos llaman filisteos. Allí podré trabajar la madera. —Y repite—: Bendito sea el día que mi madre se acercó a ti en el puerto de Tarsis.

—Correré a decírselo a Adara. Ya han atracado los barcos y aún teme que hayas muerto.

La organización de los prisioneros se mezcla con los funerales y con la atención de los heridos mientras se planifican los festejos por la victoria. Al fondo, en contraste con el mar, se ve la silueta de dos mujeres y un niño que se están abrazando largo rato.

Pasan dos días. Adara se ha reunido con Alexander. Cada grupo prepara su marcha. En la playa, la macabra ceremonia de ejecuciones también ha empezado.

Nilda viajará con un grupo de familias sherdens a su isla. Desde allí, a su tierra. El barco está listo, como siempre la chica lleva poco equipaje. Ella, Ruth y Ahmed están en la playa.

—Nilda, tú eres mi hermana, pero quiero vivir con Ahmed, en Egipto —dice Ruth con lágrimas en los ojos.

—Así también lo quiero yo. Siempre te llevaré conmigo, amiga de mi vida. Jamás te olvidaré y rogaré a dios, el que sea, por volverte a ver alguna vez. Sé qué vais a ser felices, y yo he encontrado lo que buscaba, aquello que mi padre sabía que no era posible de otra manera que descubriendo el dolor de las personas. Qué experiencia más terrible para entender el valor de lo que no se valora. Ni las riquezas, ni la fama, ni la libertad, de la que muchos hablan muy alto, son más importantes que la humanidad que he visto aquí, en el sufrimiento y la esperanza. Ahora lo que he vivido contigo es lo que seré siempre, amiga querida Ruth —habla con serena profundidad, y continúa—: Bueno y valiente Ahmed, has sido nuestra alegría cuando estábamos perdidas. Sé que seréis muy felices juntos. —Nilda se despide de los dos abrazándolos fuerte. Ruth está llorando de emoción. Nilda se aleja mirándolos a los dos mientras camina por la playa hasta que se gira y se dirige al barco. Entonces, ella también empieza a llorar.

El barco no está en el puerto. Los sherdens han cogido uno de los barcos de la flota civil. La armada de guerra ha procedido a ser hundida por el ejército egipcio. La tripulación ha acercado este barco a la orilla, y la chica recorre los últimos metros por el agua, hasta que esta le llega por las rodillas. Mientras el agua golpea sus piernas, Nilda siente que se está escapando de un mundo que no era el suyo, y, sin embargo, está dejando atrás a tanta gente que ha conocido y la ha ayudado. El agua y su oleaje la refrescan y la purifican, y por fin tiene la sensación de volver a ser invisible y no interponerse en el río de la vida. Se agarra a una escalera de cuerda y alguien le da la mano que la ayuda a subir. Allí dentro de la nave, la gente primero la mira con curiosidad, saben quién es y se preguntan por qué va con ellos, que se vuelven como exiliados. Extienden la vela. Nilda no lleva víveres, pero confía en que algo compartirán con ella.

«Peor que cuando salimos de Ugarit no va a ser», piensa para sí misma.

Ve cómo se aleja el barco y parece estar soñando. Cree por un momento que está en su aldea viendo el anochecer del sol por detrás de la montaña, mientras escucha la voz de su padre llamándola a cenar. Esto lo tiene más grabado que la vida en el palacio.

La costa se aleja. El delta cada vez más lejos y su casa cada vez más cerca. Nilda tiene ahora veinticinco años. Ha pasado dos en Alesiya cuando trabajó en la ciudad de Enkomi. Otros dos en Ugarit y cuatro en el palacio de Pi Ramsés. El resto, meses de viaje por el mar. La orilla verde se extiende mucho, pero, al final, le parece ver el desierto. Esa imagen le recuerda a Ahmed y Ruth.

Sigue durante un rato viendo alejarse la costa y una gran paz la embarga. Se da la vuelta y se pone cómoda. Saluda tímidamente y expone:

—Me llamo Nilda, estoy muy agradecida por su ayuda llevándome a bordo. No quiero ser una carga, pero desgraciadamente mi partida ha sido tan rápida que solo he tenido tiempo de coger unos dátiles y esta jarra de agua. A cambio sé pescar..., si alguien tiene sedal puedo ayudar durante el viaje —dice con naturalidad, como si todos los que están a bordo con ella fuesen su familia. Como si unos días antes ellos no hubiesen sido el enemigo.

Una anciana se levanta con un hombre que parece haber participado en la batalla y dice la mujer mayor:

—Sabemos quién eres. Eres la princesa que nos ha salvado. Yo estaba en el barco de Adara y te escuché. Ahora sé que eres mucho más que otra hermosa princesa. Lo que tenemos lo compartiremos contigo. —El hombre joven hace un gesto con la cabeza y le ofrece pan ácimo.

Nilda, un poco emocionada, pero alegre, lo coge y sonríe a toda la tripulación... Empieza a estar de buen humor y viendo a muchos niños en el barco dice:

—También soy buena contando historias a los niños.

Aquella primera noche, Nilda tuvo que utilizar todo su repertorio para entretener a los más pequeños.

El viaje de Egipto a Sherden es agotador. Por algún motivo, la gente no teme ya ni a las tempestades, ni al tiempo, ni a los piratas. Tampoco están ansiosos por llegar ni hacen planes de futuro. Simplemente, están compartiendo esta travesía y el futuro... aún no es. Y así pasan las semanas y las semanas, y llegan a la isla como si no hubiese otra cosa mejor que hacer.

Nilda ha hecho un gran viaje. Es el mejor junto con el del camello con Ruth y Ahmed. Aún no sabe cómo llegará a la península. Ha oído que los sherdens la llaman Ys pa nia por los metales que allí se encuentran. Ahora, parada en el puerto, se acuerda de cuando hizo aquí su primera escala, cuando tenía solo diecisiete años recién cumplidos. Pregunta por algún barco, pero al parecer el comercio ha bajado mucho. Aguarda varias semanas hasta que en un barco tartesio que acaba de llegar le permite viajar de vuelta.

Durante el camino de regreso, las tormentas casi hacen que el buque cargado de mercancías naufrague, afortunadamente solo son sustos. Nilda está recorriendo el mismo camino que hizo, pero a la inversa. En ocasiones, le parece que la inmensidad del mar y la oscuridad de la noche empequeñecen los problemas que los humanos se crean con sus envidias. El oleaje sigue fuerte durante varios días, golpeando el casco del mercante, elevándolo al cielo y descendiendo como si fuese un toro que no se deja montar. Esta última travesía antes de llegar a la península le produce un poco de ansiedad y se pregunta cómo retomar su vida otra vez, cómo ayudar a su padre en la fragua y, sobre todo, si Breogán la estará esperando para casarse con ella. El viaje de Egipto a Sherden fue mejor. Algo ocurrió en esa travesía que se sentía una especie de comunión con los ocupantes. Se da cuenta de que la verdadera paz llega cuando las personas tienen menos, tanto por dentro como por fuera. Habían tocado fondo con la guerra, y sus almas estaban libres de capas. Aquí, dentro del mercante, el ambiente es distinto. Le recuerda a los viajes de los comerciantes en los puestos abarrotados, buscando nuevos destinos donde vender la mercancía. Esta gente tenía proyectos y querían crecer, y si podían tener dos naves mejor que una. Ahora las rutas comerciales están cambiando. En el puerto de Sherden ya no había ese ajetreo de años anteriores, ni delegaciones oficiales de países extranjeros. Ahora muchos puertos no pertenecen a ninguna nación, ya que muchos países del este no existen. La gente que ha participado en la guerra y ha sobrevivido a todo, hambre, lucha, revuelta..., continúa, aunque cambiada, pero las naciones o ciudades que eran como países en sus territorios han desaparecido. Algunos para siempre, como si no hubiesen existido... Hatti, Alesiya, Micenas, Troya o Ugarit, y otras muchas. De sus culturas y conocimientos ni rastro, más que en leyendas cantadas de versos y rimas que hablarán de diosas enfurecidas y caballos gigantes de madera que abren murallas de ciudades legendarias. Llegando a creer que estos mundos reales de monumentos, tecnología, matemáticas y escritura hubiesen sido inventados solo en cuentos por los antiguos que cantarán y recitarán sobre otros más antiguos y sus batallas épicas.

Antes de que se ponga el sol, después de lo que parece haber sido un infinito de días en el mar, Nilda contempla las columnas de Heracles. El aire del atardecer está enfriándose rápidamente, pero ella sabe que al día siguiente estarán en tierra. Por fin, después de casi nueve años. Una aventura para conocer mundo que había hecho que se conociese a sí misma. Buscaba una cosa y encontró otra, como su padre siempre supo.

El barco navega toda la noche y finalmente llega al puerto. Aún no lo puede creer. Llegó al mismo sitio siendo casi una niña, incluso le parece que ahora es un poco más alta. Entonces consideraba una proeza haber alcanzado la costa andando desde su poblado. ¡Qué ingenua, y qué afortunada había sido durante estos años!, donde haber muerto no hubiese sido extraordinario. Siente la emoción del paso del tiempo. Está en Tarsis. Baja del barco, escucha el idioma, siente esta zona del sur de la península casi como su casa, y, sin tomarse un descanso y casi sin provisiones, se dirige al norte bordeando las numerosas minas y los ríos buscando su hogar. La primera tarde, la pasa atravesando un bosque de alcornoques denso. Nilda se orienta bien con el sol, y lleva un puñal y un palo por si los necesita contra algún depredador, aunque no lo cree. Al caer la noche, duerme tranquila. Esta vez, sin el balanceo del barco puede ver el cielo estrellado reposadamente, aunque la posición de las estrellas ha cambiado mucho de las que observaba en el palacio de Pi Ramsés, cuando los astrónomos algunas veces la habían dejado participar y le habían enseñado algo de cómo elaboraban los calendarios. La chica se recuesta debajo de un techo que forman dos rocas de granito y piensa que ciertamente ahora tiene bastantes historias que contar al fuego de la hoguera. Se está empezando a dormir cuando los pensamientos sobre su regreso la empiezan a inquietar.

«¿Estará bien mi padre? Es fuerte, pero ya va teniendo una edad avanzada... ¿No habrá muerto en estos años sin que yo no me despidiese de él? Nueve años no son pocos», le angustian los pensamientos.

«¿Me habrá esperado Breogán? Tal vez piense que he muerto, nueve años no son pocos. ¿Habrán atacado la aldea los otros pueblos vetones? Nueve años no son pocos, para que haya sucedido».

La madrugada avanza, y, al final, el sueño la vence y descansa.

El despertar del siguiente día es mucho más fresco de lo que estaba acostumbrada. Sus viajes han recorrido países más cálidos, y ahora, ascendiendo hacia la meseta, mientras entra la estación del invierno, empieza a notar frío por las noches. Lleva algo de ropa, y poca comida. Entre la poca ropa que tiene conserva un vestido bonito de cuando vivió en el palacio con Ruth. Nilda sigue su camino, y pasan veinte días, atravesando bosques, pueblos y ríos, hasta que el monte donde está su aldea aparece delante de ella. La visión le parece maravillosa, está delante de las grandes montañas y se detiene en el río que discurre alegre y forma cascadas entre las misteriosas siluetas de los bolos graníticos, igual que lo recordaba. Nilda bebe en el río y se prepara mentalmente para todo los escenarios que su mente imagina. Incluso se ha lavado el pelo y arreglado por si se encuentra al llegar con Breogán. Ahora tiene muchas ganas de verlo. Comienza a subir el monte y pasa al lado de las casas que están más abajo. Le llama la atención la enorme simplicidad del poblado, cuyos habitantes prácticamente duermen en el suelo del bosque. Cruza la muralla que rodea la zona interior y se dirige a su casa temblando por las noticias que pueda recibir. Sigue andando y llega a su casa. No hay nadie, pero está en buen estado. La parte de la casa donde ella solía dormir no ha cambiado y se mantiene limpia. Se angustia un momento y entonces una mujer detrás de ella se acerca… Es una vecina amiga de su padre.

—Nilda, ¿eres tú?

—Sí, acabo de volver —dice con la voz entrecortada y nerviosa. Añade—: ¿Y mi padre? —pregunta con miedo.

La mujer duda un instante y hace un gesto con la cabeza mientras contesta:

—Está muy bien, dice que no se quiere morir antes de que vuelvas. Ya sabes, siempre está de buen humor, sigue de vez en cuando contando disparates de sus viajes.

Nilda respira profundo y se sienta. Está mareada de angustia.

En ese instante, aparece un hombre delgado pero fuerte que lleva unas herramientas. Se para delante de la chica y corre hacia ella. La abraza fuerte fuerte y dice:

—¡Sabía que volverías, sabía que vendrías a mí otra vez, hijita!

Nilda llora de alegría y ríe al mismo tiempo, solo acierta a decir:

—Aprendí a forjar acero, en Enkomi, y luego fui a Ugarit, que ya no existe, y luego al palacio en Egipto y luego, papá, fue horrible, he visto la guerra y cómo rompe a las personas.

Imhotep la abraza mucho rato y dice:

—Claro que sí, claro que sí. Ya estás aquí, Nilda bonita.

Durante unos instantes, reina un alegre silencio entre los dos, que no necesitan hablar para entenderse.

—¿Encontraste lo que buscabas? —pregunta su padre.

—Lo que he encontrado no es lo que buscaba, pero creo que es lo que necesitaba —contesta la chica y añade—: Me parece que he encontrado, en realidad, lo que tenía que buscar sin buscarlo.

Imhotep mira los ojos de su hija y le recuerda al metal cuando ha pasado por el fuego y está purificado y listo para forjar.

«Forjar una buena vida», piensa el egipcio.

—¡Papá, nuestra aldea es de la edad de piedra! —dice Nilda mientras ríe.

—Así es, hija, pero ¿qué más necesitamos? —responde su padre, sabiendo bien que su hija piensa lo mismo.

Nilda entra un buen rato en casa a calmarse y hablar con su padre. Muchos amigos y vecinos vienen a verla. Está incluso más guapa de lo que la recordaban. Y le dicen que, cuando acabe la visita del pueblo vetón, con sus jefes, esta tarde tendrán una fogata para que cuente sus historias.

—¿Viene alguien a vernos al pueblo?

Imhotep calla un instante y más de uno, que sabe lo que ocurre, hace lo mismo. Pero un grupo se lleva a Nilda para que participe del acontecimiento en el centro del poblado, donde están las casas principales y un espacio parecido a una plaza donde se reúnen los vecinos. Allí está Breogán, que porta una armadura y los atavíos propios de un jefe…, pero no son los de su pueblo. Son los propios del pueblo vetón que hay hacia el noroeste, al otro lado de las montañas altas. Breogán la ve y se queda paralizado, sin decir nada. Solo la mira momentáneamente y desvía la mirada, como si no hubiese visto nada. A su lado está Drusila, con un vestido propio de los micénicos, luciendo un collar de oro. Imhotep se acerca a su hija y le explica:

—Breogán se fue a vivir a casa de sus parientes del pueblo vetón, donde por linaje debía de liderar su tío la ciudad, pero unas fiebres lo mataron. Breogán pudo volverse o convertirse en jefe. Decidió quedarse allí. Fue hace solo unos meses. Entonces, Drusila se casó con él —explica triste el padre.

Drusila ha visto toda la escena. Sigue eternamente celosa de Nilda, que lleva su vestido egipcio. Se acerca a ella, pero no la saluda, solo se pone a su lado y le dice en bajo:

—Veo que has vuelto por aquí, carbonera. Siento que te perdieses nuestra boda…, ¿qué te pensabas? No creerías alguna vez que se quería casar contigo, ¿verdad?

Nilda tiene los ojos húmedos, pero ha visto estos años demasiadas inquinas y maldades. Se domina y no contesta. Su padre lo sabe.

Drusila vuelve sonriendo y hablando con los invitados. Breogán no puede disimular que no ha visto a Nilda y se encamina para hablar con ella. En ese momento, Drusila y Breogán oyen pasos por detrás y se giran. Nilda está blanca como el papel y las piernas casi le fallan, se tiene que sujetar a su padre. Un hombre joven moreno le dice a Drusila en griego, idioma que ella entiende:

—Mírala bien porque nunca le llegarás a la suela de las sandalias. Renunció a ser princesa en Egipto por estar con los suyos —dice el desconocido que tiene una marcada cicatriz en el abdomen.

El matrimonio está perplejo y Drusila grita contra el extranjero que siente que la ha insultado, pero Breogán baja la cabeza y no dice nada. Sus ojos denotan todo el arrepentimiento que cabe en un ser humano.

Nilda sale corriendo y abraza a Aníbal tan fuerte que casi lo ahoga y le da un beso largo en los labios mientras unas lágrimas le recorren las mejillas. Es el primer beso de Nilda en su vida.

—¡Te vi morir! —grita la chica, que habla en griego—. Te vi morir en la playa de Ugarit. No puede ser…, no puede ser.

—Casi muero, pero pensé que, si salía de esa, te buscaría. Los sherdens me hicieron prisionero, sus familias me cuidaron bien. Me negué a luchar con ellos, pero me amenazaron los piratas. Colaboré como marinero guiando la flota civil de sus familias. Te vi cuando fuiste con la delegación de Ramsés. Parecías una reina, pero yo sabía lo que sentías en ese momento, Nilda. Te he seguido y buscado desde que nos separamos en la playa —explica el chico tranquilamente, pero con emoción.

—Aníbal, podía haberme casado, aquí, o en Egipto con otro. ¿Cómo viniste por mí?

—Decidí jugármela… Hay cosas por las que merece la pena esperar toda una vida…, ¿te acuerdas? —dice Aníbal mientras mira a los recién casados.

Drusila se va enfurecida por todo, protestando airada…, haciendo ruido. Insultando a su antiguo pueblo.

Aníbal se dirige a Imhotep, que supone por su aspecto que es egipcio y le dice en su idioma:

—He venido a pedir la mano de su hija.

Mientras dice esto, se oye a la chica por detrás:

—¡Sí, sí, sí!

—Creo que ya te la ha dado ella, sabes que en esto las mujeres egipcias son muy independientes —dice Imhotep sonriendo, y añade—: Me llamo Imhotep, creo que tenemos muchas historias que contarnos.

Aquella noche, reunidos alrededor del fuego, todo el poblado está expectante y Nilda al fin puede contar las historias como lo hacía su padre. Desde luego, es una gran noche de cuentos y de soñar con aventuras.

Los niños empiezan a preguntar:

—¿Viajaste por el mar?, ¿a Egipto?

—Sí, a varios países, de ciudades increíbles en barcos que surcaban el mar. Con gente de más lejos que los griegos que vienen aquí.

Con cada pequeña historia, Nilda se siente más en casa, le encanta la expresión de los niños, que son los que más preguntan, pero esa noche todos lo hacen, da igual su edad.

Algunos jóvenes preguntaban sobre la guerra:

—¿Has visto guerreros sherden? ¿Es verdad que no se les puede vencer?

—Sí, pero no son invencibles; de hecho, los he visto derrotados. Son muy valientes. Los egipcios aún se preguntan cómo lo han hecho para vencerlos.

Nilda contesta todo, ciudades, pirámides, viajes, que quién es su novio y por qué habla ese idioma tan raro y mil preguntas más. Unas chicas jóvenes la escuchan con mucha atención y le dicen:

—Tu vestido es muy bonito, ¿de dónde es y qué tela es esa? Es más bonito incluso que el de Drusila. —Y varios chicos empiezan a reír.

—Es egipcio, me lo dieron cuando viví en el palacio del faraón Ramsés III. —No es la parte favorita de Nilda, pero entiende que a las chicas les hace mucha ilusión y se han quedado con la boca abierta, así que continúa—: Bueno, sabéis, no quería hablar de ello, pero tengo que reconocer que las chicas egipcias son muy presumidas. Si encima son de la realeza, entonces están todo el día con sus espejos y perfumes. De todas formas, a mí siempre me trataron bien. Pero lo más importante que tenéis que saber, chicas, de esto es que, en Egipto, muchos cargos importantes son mujeres. Y hubo no hace demasiado una reina que gobernó en solitario. Es todavía admirada. Las egipcias son muy decididas, y normalmente eligen ellas con quién se quieren casar.

Las chicas del poblado están encantadas de oírlo, y le siguen pidiendo más detalles. Hasta que finalmente el jefe pregunta:

—Nilda, ¿cómo crees que hay que defender un poblado? ¿Cómo lo hacen en esas ciudades?

—No lo sé, murallas más altas que las que jamás podremos hacer tenía Troya. La flota más poderosa tenía Ugarit, y el mejor ejército posible tenía Hatti. Y los tres cayeron. He visto temblar al faraón, he visto a hombres corrientes con mucho miedo comportándose como héroes y a soldados duros y aguerridos renunciando a lo que creían por miedo o ambición. Creo que lo mejor es hacer un mundo de buenas personas, y no intentar poseer más que tu vecino, ni tampoco más que el día anterior… No digo que no construyamos una muralla, pero eso no lo parará.

Imhotep mira con orgullo y mucho cariño a su hija.

La noche está ya muy avanzada, y se encamina hacia el alba. Antes, un niño habla una vez más:

—Cuéntanos una historia de verdad, entera, como las de tu padre.

Y Nilda, que preferiría hablar de otras cosas, hace un esfuerzo y de buena gana sonríe al niño y dice:

—Hoy os contaré la historia de Persio, el héroe que salvó a su patria.

Fin.

EPÍLOGO.
¿ES ESTA UNA HISTORIA REAL?

Desde luego, muchos elementos están bien documentados por el registro arqueológico y epigráfico, otros son más dudosos y otros son los personajes concretos a través de los que discurre la historia.

Sabemos que la edad de bronce está marcada por una extrema movilidad y, en gran parte, por una gran globalización cultural y comercial entre los antiguos pueblos del Mediterráneo. La documentación escrita de la que disponemos viene principalmente de las fuentes ugaríticas y egipcias. Bien es cierto que la historia de los egipcios está narrada desde la victoria en estelas y templos, y que la de los hititas y sus ciudades, como Ugarit, en tablillas de arcillas, desde la angustia de sus últimos momentos, pero creo que en general la historia que conocemos por los hallazgos arqueológicos discurre por el mismo sendero.

Erik Cline, de la Universidad George Washington, achaca el colapso de las grandes potencias, Grecia, Imperio hitita, Mitani, y muchas ciudades de Siria y Levante, etc., no solo al ataque de los pueblos del mar, sino a una concatenación de sucesos, sequías, hambrunas, terremotos, revoluciones internas, etc., interactuando entre ellos, e incidiendo en la economía global. La escasez de bronce hace de islas como Chipre (Alesiya) un motivo claro de disputa, estando bien documentado el ataque a la isla, así como a las ciudades de Levante. El bronce era el metal fundamental y, además del cobre, necesita del estaño para poder producirse, motivo por el cual se utilizó las pocas rutas de esta mineral como asunto de bloqueo que los hititas ejercen sobre los pueblos griegos, Micenas, Danuna, etc., a raíz de históricas disputas en la península de Anatolia. Hasta la península ibérica se venía a por estaño y otros metales y más lejos aún. La navegación en barcos de vela en la zona del estrecho se remonta al menos al 4000 a. C. (Laja Alta, Universidad de Granada) y el peso que tenían los metales en aquellas sociedades era enorme.

El origen de los pueblos del mar es aún motivo de discusión entre los expertos. Sabemos que algunos venían del mismo continente asiático, especialmente de Anatolia, Lukka, Tjeker, etc., mientras otros venían de las islas occidentales, Shekelets (Sicilia), Sherden (Cerdeña), incluso de la península ibérica. Aunque no hay consenso, el libro sigue la opinión de la mayoría de los expertos. El caso de los Sherden, a pesar de que algunos autores no están de acuerdo concediendo que solo después de la derrota terminaron en la isla de Cerdeña, hay que apuntar que el mismo Ramsés los etiqueta antes de la batalla del Nilo como pueblos venidos de las islas.

Aun siendo de orígenes y etnias diferentes, conocemos bien que los pueblos del mar tuvieron reuniones en las islas del Mediterráneo para concebir ataques coordinados. La sucesión de ciudades y reinos atacados que sucumbieron de forma violenta, Enkomi, Troya, Sidón, Ugarit, Hattusa está bien demostrada.

Se conocen con detalle que en ciudades como Troya y Ugarit la lucha se llevó incluso por las calles, y numerosas puntas de flecha se han encontrado en las calles de las ruinas de Ugarit, y también está atestiguado que fueron incendiadas hasta los cimientos, cubriendo las cenizas; en ocasiones, un espesor de dos metros. Otras se cree que fueron consecuencia de revoluciones internas, o abandonadas al desaparecer las rutas comerciales tradicionales, o de todos los factores expuestos anteriormente combinados.

La explicación habitual sobre la victoria egipcia reside en que tuvieron más tiempo para prepararse. Las tablillas hititas encontradas también nos indican que la actividad de espionaje fue muy intensa. El personaje de Persio lo refleja. También en la novela se destaca la reubicación de grandes grupos de los pueblos del mar tras su derrota ante Ramsés III en 1177 a. C., como se sabe que ocurrió.

Muchas personas como artesanos y metalúrgicos viajaron en largas travesías por el Mediterráneo ganándose la vida con sus oficios, incluso en ocasiones la conectividad entre Mediterráneo y Atlántico era frecuente, buscando materias primas y minerales desde Levante al Reino Unido, como explica Barry Cumliffe, de la Universidad de Oxford. Las Islas Baleares suponían una parada habitual de los barcos egipcios en su camino a las ciudades del sur de la península donde se aprovisionan de metales. El caso de Nilda representa solo una pequeña pincelada de lo que fue la vida de algunos de estos artesanos. El estudio genético de los diferentes pueblos el Mediterráneo evidencia conexiones múltiples, con importantes desplazamientos desde la península ibérica y sus islas cercanas hasta las potentes ciudades comerciales del este del Mediterráneo. Sin duda, esta migración en muchas ocasiones pacíficas y en otras violentas está muy probada. No solo el poder de la riqueza empujaría estas migraciones, si no, como se ha apuntado antes, desde finales del siglo XII al VIII a. C. una profunda sequía azotó los pueblos del Mediterráneo, llegando especialmente en Levante y Hatti a padecer años de hambruna, siendo difícil la siembra y obligándose a solicitar ayuda a países como Egipto. Esta parte la conocemos mejor por las fuentes hititas aparecidas en el registro arqueológico y cuyas traducciones conocidas a partir de las tablillas aparecen en las citas expuestas en la novela.

En muchas ocasiones, el choque cultural y de conocimientos debió de ser muy grande. El viaje que realiza Nilda a las pirámides debería de ser para ella algo parecido a los indígenas que se encontraron con los conquistadores españoles que usaban armas de fuego. En el tiempo que en Egipto se calculaba el valor de pi con un error de dos centésimas, y sus matemáticas al igual que las de los babilonios eran superiores en muchos aspectos a las que tuvieron otros pueblos avanzados como los romanos casi dos mil años después, en los pueblos de la península, casi con toda seguridad, aún se permanecía en la prehistoria.

El poblado de Nilda existe, en la Pedriza, en la sierra de Guadarrama, situado en la actual Comunidad de Madrid, en el sistema Central, sus murallas y restos de los poblados indígenas (o castros, si suponemos que ya era un poblado celta como proponen Barry Cumliffe y John Koch sobre el origen de los celtas) persistente en la actualidad. Aparecen utensilios de piedra anteriores de época neolítica y calcolítica, así como otros más modernos de la Edad del Bronce final, puntas de flechas y hachas de bronce que se corresponden con la época correspondiente a los restos de la muralla y fondo de las casas. Las minas que en la novela utiliza Nilda para obtener el cobre, el estaño y la plata están a menos de una hora andando, en Colmenar Viejo, Cerro de San Pedro y cara sur de la sierra de Guadarrama, y fueron conocidas desde la prehistoria.

El profesor Cline destaca que este episodio tan dramático es un motivo para reflexionar sobre la importancia de los cambios climáticos, las sociedades altamente globalizadas y el encaje de las migraciones en masa. Problemas de auténtica actualidad. Después del colapso de estas civilizaciones, se perdió el arte de escribir, así como la ciencia y arquitecturas de casi todas estas potencias. En Grecia, se pasó de tener una numeración en base diez a nada. Solo a excepción de Egipto, podemos decir que el resto de antiguos reinos globalizados que rodeaban el Mediterráneo se hundió, algo que entonces hubiese parecido imposible. El área cultural que lo abarcaba entró en lo que comúnmente se llama edad oscura, antes del resurgimiento de un nuevo alfabeto y la ciencia del periodo clásico. Por qué las historias de Homero sobre Troya, la *Odisea*, y los viajes de los pueblos griegos fueron cantadas y recitadas en lugar de escritas reside en parte en el hecho de que la tecnología y cultura de esos mundos desapareció, la gente no sabía escribir, habiendo llegado a parecer que nunca existió un mundo semejante.

Como decía Nilda, hay cosas que las lenguas humanas no alcanzan a comunicar, esa imposibilidad de verbalizar lo inmenso que nos llama y nos hace buscar, si de verdad estamos vivos, aquello que nos da sentido.

David

Cabeza de escultura, posible estela, en la cueva en la que fue encontrada por Óscar Montes, 2021, en la Pedriza, Manzanares El Real, Madrid.

Los desastres de la guerra. El hijo de Aquiles arroja por las murallas de Troya al hijo de Héctor tras caer la ciudad. Jarrón griego del siglo VIII a. C. Museo Arqueológico Nacional.

Este libro se terminó
de imprimir
en España
en mayo de 2024

Made in the USA
Monee, IL
13 September 2026

62988796R00121